文春文庫

竹《たけ》屋《や》ノ渡《わたし》

居眠り磐音（五十）決定版

佐伯泰英

文藝春秋

目次

「居眠り磐音」

主な登場人物

坂崎《さかざき》磐音《いわね》　元豊後関前藩士の浪人。直心影流の達人。師である養父・佐々木玲圓の死後、江戸郊外の小梅村に尚武館坂崎道場を再興した。

おこん　磐音の妻。磐音が暮らした長屋の大家・金兵衛の娘。今津屋の奥向き女中だった。磐音の嫡男・空也《くうや》と娘の睦月《むつき》を生す。

今津屋《いまづや》吉右衛門《きちえもん》　両国西広小路の両替商の主人。お佐紀《さき》と再婚、一太郎らが生まれた。

由蔵《よしぞう》　今津屋の老分番頭。

佐々木《ささき》玲圓《れいえん》　磐音の義父。内儀のおえいとともに自裁。

速水《はやみ》左近《さこん》　幕府奏者番。佐々木玲圓の剣友。おこんの養父。長男・杢之助《もくのすけ》、次男・右近《うこん》。

松平《まつだいら》辰平《たつぺい》　尚武館道場の元住み込み門弟。福岡藩に仕官。妻はお杏《きょう》。

重富《しげとみ》利次郎《としじろう》　尚武館道場の元住み込み門弟。霧子を娶る。関前藩の剣術指南方。

霧子《きりこ》　雑賀衆の女忍び。尚武館道場に身を寄せ、磐音を助けた。

弥助《やすけ》　磐音に仕える密偵。元公儀御庭番衆。

小田平助《おだへいすけ》　槍折れの達人。尚武館道場の客分として長屋に住む。

品川柳次郎《しながわりゅうじろう》　北割下水の拝領屋敷に住む貧乏御家人。母は幾代《いくよ》。お有《ゆう》を妻に迎えた。

竹村武左衛門《たけむらぶざえもん》　陸奥磐城平藩下屋敷の門番。妻は勢津《せつ》。早苗など四人の子がいる。

桂川甫周国瑞《かつらがわほしゅうくにあきら》　幕府御典医。将軍の脈を診る桂川家の四代目。妻は桜子。

笹塚孫一《ささづかまごいち》　南町奉行所の年番方与力。

中居半蔵《なかいはんぞう》　豊後関前藩の江戸藩邸の留守居役兼用人。

徳川家基《とくがわいえもと》　将軍家の世嗣。西の丸の主。十八歳で死去。

小林奈緒《こばやしなお》　磐音の幼馴染みで元許婚《いいなずけ》だったが、吉原で花魁《おいらん》・白鶴《はつかく》となる。山形の紅花商人に落籍されたが、夫の死後、三人の子と江戸へ。

坂崎正睦《さかざきまさよし》　磐音の実父。豊後関前藩の藩主福坂実高《ふくさかさねたか》のもと、国家老を務める。

田沼意次《たぬまおきつぐ》　元幕府老中。嫡男・意知《おきとも》は若年寄を務めた。

新吉原
尚武館坂崎道場
山谷堀
東叡山 寛永寺
竹屋ノ渡し
向島
浅草
待乳山
聖天社
忍ケ岡
上野
下谷車坂町
三囲稲荷
浅草寺
花川戸町
今戸橋
不忍池
田原町
常泉寺
小梅村
下谷広小路
新寺町通り
新堀川
源森川
安藤家
下屋敷
吾妻橋
業平橋
御厩河岸ノ渡し
品川家
十間川
首尾の松
北割下水
今津屋
吉岡町
本所
法恩寺橋
和泉橋
天神橋
新シ橋
浅草御門
石原橋
南割下水
柳原土手
両国橋
入江町
横川
金的銀的
小伝馬町
回向院
竪川
松井橋
薬研堀
大川
浮世小路
鰻処宮戸川
六間堀
若狭屋
魚河岸
猿子橋
新高橋
日本橋川
鎧河岸
新大橋
小名木川
日本橋
万年橋
霊巌寺
鎧ノ渡し
砂村新田
永久橋
深川
金兵衛長屋
亀島橋
楓川
霊岸島
佐賀町
八丁堀
永代橋
仙台堀
永代寺
鉄砲洲
富岡八幡宮
越中島
堺橋
佃島

『居眠り磐音』江戸地図

護国寺
中山道
日光御成街道
面影橋
小石川
伝通院
本郷
下谷茅町
石切橋
豊後関前藩上屋敷
湯島天神
牛込
水道橋
神田川
神田明神
牛込御門
稲荷小路
表猿楽町
元尚武館佐々木道場
駿河台
筋違橋御門
昌平橋
田安御門
九段坂
俎橋
神保小路
雉子橋
市谷八幡宮
内藤新宿
四谷大木戸
市谷御門
一橋御門
千鳥ヶ淵
鎌倉河岸
善国寺谷通
麹町
江戸城
本丸
神田橋
四谷
四谷御門
大手御門
半蔵御門
西の丸
道灌堀
一石橋
紀尾井坂
平川天満宮
和田倉御門
呉服町
赤坂御門
馬場先御門
鍛冶橋御門
南町奉行所
京橋
数寄屋橋御門
清水谷
溜池
三十間堀川
氷川明神
木挽橋
原宿
愛宕権現
芝口橋
木挽町
長谷寺
増上寺
宝泉寺
麻布村
麻布広尾町
赤羽橋
芝

本書は『居眠り磐音 江戸双紙 竹屋ノ渡』（二〇一六年一月 双葉文庫刊）に
著者が加筆修正した「決定版」です。

編集協力 澤島優子
地図制作 木村弥世

竹屋ノ渡

居眠り磐音(五十)決定版

第一章　父と子

一

寛政《かんせい》五年（一七九三）新春のとある昼下がり、小梅村界隈《かいわい》にそこはかとない梅の香りが漂っていた。

この地に拠点を置く直心影流《じきしんかげ》坂崎《さかざき》道場では、連日若い門弟たちの気合いの入った声と竹刀《しない》で打ち合う音が響いていた。その中に坂崎空也《くうや》がいた。

十四歳の空也はすでに五尺七寸を超え、なにより四肢《しし》がしなやかな青竹のようで、未だ成長期にあることを告げていた。

十二歳を迎えた年、父親であり師匠でもある磐音《いわね》に尚武館《しょうぶかん》道場での稽古《けいこ》を許され、以来、門弟衆と朝から晩まで飽くことなく稽古に励んでいた。ために一日に

五度も台所に姿を見せては握り飯などを食していた。激しい稽古に明け暮れる空也の旺盛な食欲は、母親のおこんを、

「空也ったら、毎朝見るたびに大きくなっていくようだわ」

と驚かせた。

この日、すでに朝稽古は終わっていた。

だが若い住み込み門弟らとともに道場に戻った空也は、木刀の素振《すぶ》りを繰り返し、自らの動きを確かめていた。その様子を、一段と小さくなった金兵衛《きんべえ》が見詰めていた。孫の空也の成長が金兵衛にとってなによりの楽しみだった。

「空也どの、立ち合い稽古をしませぬか」

不意に声をかけたのは尚武館の住み込み門弟の兄貴分にして、師範代の地位にある神原辰之助《かんばらたつのすけ》だ。

これまで辰之助は、道場稽古を許された空也の成長を黙って見守ってきた。敢えて竹刀を交えて稽古をつけることを遠慮していた。父親の坂崎磐音が空也の稽古を見ている以上、門弟のひとりにすぎない自分が余計な手出しをするのは、

「百害あって一利なし」

と考えていたからだ。

それは辰之助に限ったことではなかった。大半の門弟衆が空也をわが弟のように慈《いつく》しむ一方で、立ち合い稽古をすることを遠慮していた。

むろん門弟衆と、攻めと守りが交互する打ち込み稽古はなしていた。だが、道場で勝敗を競うかたちの立ち合い稽古を空也はしたことがなかった。

磐音がそれを禁じていたわけではない。だが辰之助らは、十四歳の育ちざかりの空也の体を案じて誘わなかったのだ。

一方空也も、父が立ち合いを許すと口にしないかぎり、それを望もうとはしなかった。

道場の朝稽古に入る前、空也は磐音から母屋《おもや》の庭で稽古をつけてもらい、その後尚武館に場所を移してからも、小田平助《おだへいすけ》から槍折《やりお》れの基《もとい》となる動きを指導されていた。

「辰之助さん、稽古をつけてくださるのですか」

素振りをやめた空也が、信じられないとでもいうような顔を見せて、

「いえ、立ち合いです。師匠の許しを得ています」

との辰之助の言葉に、

「お願いいたします」

と満面の笑みで応《こた》えた。

辰之助は気まぐれに磐音の許しを得て、空也を誘ったのではない。空也の五体の動きに、近頃微妙な変化を見ていたからだった。

二人は竹刀を構え合った。

その瞬間、辰之助は感じ取っていた。

空也は茫洋《ぼうよう》とした眼差《まなざ》しで巨大な壁を見ている――そのような錯覚に陥った。

いや、眼前の辰之助の背後に、

「坂崎磐音」

を見ていると思った。

空也は決して、辰之助の力と技を軽んじているのではない。

空也の目標は、あくまで父を、師匠の坂崎磐音を超えることなのだ。

二人はしばし互いの眼を見合ったあと、同時に仕掛けた。

辰之助は正眼《せいがん》から迅速な面打ちで空也を攻めた。

空也は面打ちが来ることを知りながら、辰之助の鋭い攻めを搔《か》い潜《くぐ》り、胴打ちを放っていた。

大胆にして機敏な動きだった。

稽古の手を休めた速水右近《はやみうこん》らは、二人の立ち合い稽古を見て、

「おおっ」

と思わず驚きの声を洩《も》らした。

互いの面打ちと胴打ちが、びしり、びしりと音を立てて決まった。

だが二人は怯《ひる》むことなく次の手を出し合った。

間断ない攻めだった。ゆえに、どちらもが防御を忘れていた。いや、忘れていたわけではない。攻めることが防御と考え、攻めに徹していたのだ。

辰之助の技量は、かつて尚武館に在籍し、今は筑前福岡《ちくぜんふくおか》藩家臣の松平辰平《まつだいらたつぺい》や豊後関前《ぶんごせきまえ》藩の家臣にして剣術指南役の重富利次郎《しげとみとしじろう》のそれに匹敵する域に達したと、古い門弟衆は評価していた。

一方、師匠の磐音は門弟衆の力の差をうんぬんしたことはない。

その辰之助の攻めに、攻めで応じた空也が必死に反撃の機会を狙《ねら》っていた。空也は、辰之助がすべての力を出し切ってはいないと察していた。ゆえになんとしても辰之助を、

「本気」

にさせるべく、五体を動かし頭を使いながらも竹刀を振るっていた。

どちらが先に音《ね》を上げるか、今や二人の立ち合いを、小田平助をはじめその場にある住み込み門弟全員が見守っていた。

二人が互いに胴打ちを決めた。いや、決めきれなかった。直後、辰之助が、

(どうしたものか)

と考えた。

その隙《すき》を察したように空也が踏み込む構えを見せた。そして、自然な動きで寸《すん》毫《ごう》の、

「間」

をとり、次の瞬間、改めて胴打ちを敢行した。

空也が意識して微妙な間を外したと察した辰之助は、自らも踏み込み、空也の面に竹刀を振り下ろした。

辰之助の本気の、険しい面打ちだった。

(決まった)

とその場で見物する全員が、いや、小田平助を除く全員が感じた。

そのとき、空也は、

(やられた)

と思いながらも体が動いていた。

辰之助の面打ちが空也を重く捉え、同時に空也の胴打ちが辰之助に、びしりと音を立てて決まっていた。

二人が同時に飛び下がり、竹刀を引いた。

「辰之助さん、ご指導有難うございました」

息を弾ませながらも空也が一礼すると辰之助に言った。

一方、辰之助は一言も発せず、真っ赤な顔に驚きの色を刷《は》いただけだった。

二人の立ち合い稽古の最中、道場に入ってきた田丸輝信《たまるてるのぶ》は、二人の対決を見ることになった。その輝信が、

「おい、そなたらの立ち合い、神保小路《じんぼうこうじ》時代のでぶ軍鶏《しゃも》と痩《や》せ軍鶏の喧嘩《けんか》稽古を思わせるな。もそっと辰之助、余裕を持って相手をせぬか」

と辰之助を窘《たしな》めるように言った。

「輝信さん、空也どのの相手をしてごらんなさい」

「磐音先生の後継とはいえ、未だ十四じゃぞ。どこに本気を出す馬鹿がおる」

「私が本気を出したのではないのです。空也どのにそのように仕向けられたのです」

輝信が空也を見た。

「輝信さん、何度も打たれた頭がじんじんして、体のあちらこちらが悲鳴を上げております」

「空也どの、当たり前です。辰之助の面打ちは、あの大力の利次郎を思い出すほどの強さですからな」

輝信が呆《あき》れ顔を見せた。

小田平助は、辰之助も空也も相手の攻めをわずかに外して、打撃を和らげつつ攻め続けたことを見抜いていた。

空也は物心ついて、父親の稽古、さらに数多《あまた》の門弟衆の稽古を見つつ成長してきた。そして、五歳のときから磐音の指導で体の基を造る稽古を始め、孤独な独り稽古に耐えて尚武館道場入りを許された。それが十二歳だった。

だが、磐音は道場で空也を指導することはなかった。また空也も大勢の門弟衆の動きを見つつ、立ち合い稽古を願うことはなかった。

空也は辰之助との立ち合い稽古に満足しつつも、

(未だ達せず)

と遥か彼方の目標を考えていた。

空也は、道場の縁側で辰之助との稽古を見物していた金兵衛が、途中からとろとろと居眠りしていたことに、立ち合いが終わって気が付いた。

「爺様、春先です。居眠りすると風邪《かぜ》を引きます」

空也が金兵衛に声をかけた。

「空也、だれが居眠りをしてるだと」

「爺様です」

「この金兵衛が居眠りなどするもんか」

と答えた金兵衛の口元には、よだれが垂れた跡が残っていた。

「空也、よう殴られておったな」

それでも金兵衛は孫の奮戦ぶりを見ていたらしい。

「はい。辰之助さんの攻めは、よう頭に響きます」

「剣術遣いってのは、あれだけ叩《たた》かれても馬鹿にならねえもんかね」

縁側に立ち上がった金兵衛が母屋に戻ろうとしていると察した空也が、

「爺様、送っていきます」

と声をかけたが、金兵衛は、

「敷地の中で道に迷うほど、どてらの金兵衛、ぼけてはおらぬぞ」

と威張ってみせた。だが空也と睦月《むつき》は、おこんから、

「急に爺様の足の運びが弱りました。気を付けて見ているのですよ」

と始終言われていた。

金兵衛は二年前に深川六間堀《ふかがわろっけんぼり》の長屋の差配の職を辞し、小梅村の坂崎家に引っ越してきて、共に暮らすことになった。

「爺様、最前の辰之助さんとの立ち合い稽古の仔細《しさい》、父上に話さないでくださ
い」

と空也が金兵衛に願ったのは、尚武館から母屋に向かう竹林と青紅葉の楓《かえで》林の中の小道だった。

「なぜだい」

「空也は未熟です。父上に知られたくはございません」

金兵衛が足を止め、空也を見た。

「空也、おまえさんはまだ十四だぞ。一方、師範代の辰之助さんはいくつだ。おまえさんの倍以上の歳《とし》だろうが」

「剣術に歳は関わりございません。一対一の勝負です」

「その勝負を婿《むこ》どのが許し、辰之助さんがおまえさんの力量を試した。それなの

によ、なんで婿どのは倅《せがれ》の力を、最前の勝負を見ねえのかね」

「父上は結果が分かっておられるのです」

「ふーん」

鼻で返事をした金兵衛がいきなり、
はくしょん！

とくしゃみをした。

「ほれ、爺様、道場で居眠りなどするから風邪を引かれるのです」

「空也、ただのくしゃみだ。おこんに言うんじゃないぞ、あいつに知られると苦い煎《せん》じ薬を飲まされるからな」

今度は金兵衛が空也に口止めした。

「空也、おまえさんの目標は父の坂崎磐音を超えることか」

「いけませんか」

金兵衛がしばし林の小道で黙考した。

「わしには町人の娘しか、おまえさんの母親しかいねえからよ。男の、お武家方の気持ちは分からねえ。だがよ、空也。父を目標に倅が精進《しょうじん》するのは悪いことじゃあねえな」

「はい」

「おまえさんの父はよ、ほれ、見てみねえ」

金兵衛が竹林と青紅葉の楓林の向こうに見える、白い雪を頂いた霊峰富士を指差した。

「剣術家の坂崎磐音って御仁はよ、山に譬《たと》えればあの富士の山だ。独り群を抜いて聳《そび》えていらあ。なにしろ亡くなられた西の丸家基《いえもと》様の剣術指南だからな」

「神保小路の直心影流道場、佐々木《ささき》玲圓《れいえん》様の後継にございます」

「おお、それほどの剣術家だ。乗り越える山は富士の嶺のように高えぞ、空也」

「乗り越えてみせます。そうしなければ尚武館の跡継ぎになることなどできませぬ」

「佐々木玲圓様も坂崎磐音も天下に知られた剣術家だ。空也の行く道は険しいぞ」

「分かっております」

「ならば遣り遂げよと言うしかねえな。空也が婿どのを超える剣術家になるのを、この金兵衛はあの世から見ているからよ」

「爺様は元気です。この世で坂崎空也の精進を見ていてください」

しばし金兵衛が黙り込み、

「おお、そうしようか」

「爺様、この話、父上にも母上にも内緒に願います」

「おう、その代わり、おこんが煎じ薬を持ってきやがったら、空也、おまえさんが代わりに飲んでくれ」

「はい」

空也が返事をして、二人はゆるゆると竹林と楓林の間を抜ける小道を歩き出した。


坂崎磐音は四十八歳を迎えた。

その昼下がり、一通の書状が小梅村の坂崎家に届けられた。

その書状を届けにきた飛脚屋が庭に姿を見せたとき、磐音は独り、長年馴染《なじ》みの愛刀備前包平《びぜんかねひら》の手入れをしていた。ゆえにその書状が届いたことを磐音以外だれも知らなかった。

磐音は刃渡り二尺七寸（八十二センチ）の大包平を鞘《さや》に納め、

「ご足労であったな」

と飛脚屋に声をかけると、なにがしかの銭を渡した。

ぺこり、と頭を下げた飛脚屋の首筋に汗が光っていた。

受け取った書状には、

「江戸葛飾郡《かつしかごおり》小梅村　尚武館坂崎磐音」

の宛名はあったが、差出人の名はなかった。

だが、磐音はだれからの書状か推測がついた。

土子順桂吉成《ひじこじゅんけいよしなり》からのものだと直感した。

磐音が披《ひら》くかどうか一瞬迷ったとき、庭先の向こうに空也と金兵衛の姿を目に留め、書状を懐《ふところ》に仕舞った。

「父上、母上はどちらにおられます」

空也が磐音に尋ねた。

「婿どの、空也が腹減ったとよ」

金兵衛が言い添え、またくしゃみをした。磐音が金兵衛の様子を見て、

「母上は台所におろう。握り飯でも作ってもらえ」

と空也に言った。

「ならば台所に参ります」

空也が縁側から台所に向かって姿を消した。

「舅《しゅうと》どの、風邪を引くほどひどい立ち合いにございましたか」

「なに、ちょいと居眠りしただけだ。だがな」

と金兵衛が言いかけ、

「あっ、しまった。この話、だめだ、だめだ。空也との約定《やくじょう》で話しちゃいけねぇことになってやがった」

と手で口を押さえた。

「ふっふっふ」

と磐音が笑うと、

「なんだえ、その笑いはよ。婿どの、立ち合いの様子が分かるのかえ」

「およそのところは」

「ふーん、剣術家の親子は度し難いな。両方して変わり者だぜ」

「さようですか」

「倅は父に立ち合いの様子を喋《しゃべ》るなと言うし、父親は見てねぇくせして分かると言うしよ。まったく、どうなってんだかね。ところでよ、おまえさんの倅は、剣術でなんとかものになりそうか」

金兵衛の問いに磐音が笑みで応え、

「長い道のりが待っております」

「おまえさんがそうだったように、空也も剣術家の道を歩くか」

「それがしは大名家の家臣でしたが、藩の内紛にて致し方なく藩の外に出た身。佐々木道場に戻ったのは偶然のことでした。そのようなこと、舅どのはすでに承知でしたな」

「ああ、鰻割《うなぎさ》きの浪人さんがよ、いつの間にか、わしの娘を嫁にして佐々木道場の跡継ぎになっちまった。なんとも不思議な運命《さだめ》だよな」

はい、と返事をした磐音が、

「空也は物心ついたときから剣術道場がわが家でございました。それに門弟衆も数多周りにおりました。竹刀の音を聞きながら育った空也がどう考えるか知りませぬが、それがしよりも遥かに苦しく長い道のりかと存じます」

「ああ、父親が富士の高嶺じゃな」

と金兵衛が答えたとき、竹林と楓林の小道から速水右近が走り出てきて、

「先生、父が参っております」

と告げた。

二

速水左近《はやみさこん》は下城の途次、供揃《ともぞろ》えを少なくして小梅村に立ち寄ったか、継裃《つぎかみしも》姿であった。

速水は、十代家治《いえはる》が身罷《みまか》ったのちに御役を辞し、寄合席に入っていた。だが、その代わりに嫡子《ちゃくし》の杢之助《もくのすけ》が将軍家斉《いえなり》の御番衆として奉公に上がっていた。

田沼《たぬま》時代が終わり、改革を推し進める松平定信《まつだいらさだのぶ》が幕閣を率いることになり、速水左近も定信から幾度となく復帰を促《うなが》されていた。そのたびに、

「もはや政《まつりごと》に参画するほど若くはございませぬ」

と固辞し続けてきた。

松平定信の改革は、世間が期待したほどの成果は上がらず、城の内外から不平不満の声が上がり、ために近頃の定信はいささか焦りを見せていた。

二年前の寛政三年（一七九一）、将軍家斉の呼び出しにより速水左近は城中に上がり、若い家斉自らの命《めい》により再び、

「御側御用取次《おそばごようとりつぎ》」

の重職に就《つ》いていた。

その速水が下城の途中に小梅村に立ち寄ったのだ。

磐音は、速水左近一人と母屋で対面した。

「坂崎磐音どの、上様のお言葉を伝え申す」

速水がいつもの砕けた口調ではなく、使者の険しい口調で言った。

磐音は一介の剣術家だ。将軍といえども命を受ける主従の間柄にはない。だが、神保小路に居を構えていた佐々木家は、ある意味、

「官営道場」

の役割を長らく果たしてきたのだ。徳川家基が田沼意次《おきつぐ》の手にかかり若くして暗殺されたとき、佐々木玲圓、おえい夫妻は、

「殉死」

した。そのことを以《もっ》てしても佐々木家の立場が知れた。だが、そのようなことに関わりなく、尚武館佐々木道場は田沼意次の手によって潰《つぶ》された。

あの時から長い歳月が流れた。

田沼一派によって江戸を追われた坂崎磐音とおこんは流浪《るろう》の旅に出た。だが、旅先にも繰り返し襲い来る刺客らの所業に磐音は意を決し、江戸に戻った。

天明《てんめい》六年（一七八六）、意次の老中解任によって田沼時代が終わりを告げると、幕閣内の実権を松平定信が掌握した。定信は、将軍家斉の剣術指南役就任を条件に、神保小路に尚武館を戻すと磐音に申し出た。

だが磐音は、政とは一線を画して生きる決意のもと、小梅村に開いた尚武館坂崎道場にて剣術の精進と門弟の育成に尽くす、との弁で定信の誘いを断ってきた。

「上様は、坂崎磐音に目通りを命じられた。ゆえにそれがしが使者として小梅村に立ち寄った」

抗弁しかけた磐音を速水が手で制し、

「家斉様は二十一になられた。もはや幕閣のだれからも操られるお方ではござらぬ。その上様が直々に名指しで坂崎磐音を城中に呼び出されたのじゃ。磐音どの、断ることはでき申さぬ」

と告げた速水の表情は厳しかった。

磐音はしばし沈思《ちんし》した。

「家基様の死より十四年の歳月が過ぎた。佐々木家の後継としてのそなたの諸々の感情は、この際忘れられよ」

速水が願った。

「いつにございますか」

「明日、それがしの登城に同行し、城中入りする」

「畏《かしこ》まりました」

と磐音が応えると、さらに速水左近が言い添えた。

「上様の命はそれだけではない」

「と、おっしゃいますと」

「上様は、磐音に嫡子あらば同道せよと命じられた」

「空也を同道せよと、上様が」

「さよう仰せられた。よいな」

と速水が念押しした。

「承知仕《つかまつ》りました」

速水がさらに、今一つと言った。磐音が速水の顔を見た。

「坂崎磐音どのの差料《さしりよう》、ご指定がござった」

速水の言葉を磐音は即座に理解した。その先を聞くことなく首肯《しゆこう》し、

「空也同道の上、表猿楽町《おもてさるがくちよう》のお屋敷に六つ半（午前七時）までにはお伺いいたします」

と答えていた。

家斉のこたびの御目見《おめみえ》には速水左近がなんらかのかたちで関わっていると、磐音は確信した。ならば差料がなにか、すぐに察せられた。

しばらく座に沈黙があった。

そこへおこんと睦月が茶を運んできて、いつもの速水と磐音の対話の雰囲気ではないことを察した。

「養父上《ちちうえ》、おまえ様、なんぞございましたか」

おこんが茶を二人の前に供したあと、睦月を下がらせ、尋ねた。

「上様より明日、それがしと空也にお目通りの沙汰《さた》があった」

おこんが息を呑《の》んだ。

「案ずることはあるまい。空也の紋服はあるな」

「おまえ様も空也も羽織袴《はかま》でようございますね」

「われら父子、幕臣ではない。ゆえに羽織袴でよかろう」

磐音の言葉に速水左近が首肯し、茶碗《ちゃわん》を手に喉《のど》を潤した。

速水左近が早々に立ち去ったあと、おこんが磐音の顔を黙って見た。

「この場で上様の胸中をお察し申してもなんの役にも立つまい。すべてはお目通りの上でのことじゃ」

磬音がおこんの心中を察して言った。

「お二人の紋服を用意しておきます」

おこんがその場を下がった。

磬音は独り、梅の香りが漂う庭の光景に眼を預けていた。

徳川家基と佐々木玲圓、おえいの死から茫々十四年の歳月が過ぎ去ったか、と改めて思った。

(恩讐は超えねばならぬ)

磬音は仏間に入ると灯明《とうみよう》を灯《とも》し、合掌した。

小梅村の坂崎家はまるで無人家のように静寂に包まれていた。

磬音はふと気付いて懐の書状を出し、披いた。

「還暦を間近に控え、それがし、予《かね》てより懸案の事項決断致し候《そうろう》。

もはや遠江相良《とおとうみさがら》での借りは滅し候ゆえ、田沼家とは一切関わりなく御座候。

坂崎磬音殿、剣術家同士の尋常な勝負を願い上げ候。

約定により坂崎殿、場所をご指定下されたく、また立会人は何方《いずかた》にても当方差し支えなく御座候。土子順桂吉成」

予測した通り、剣術家土子順桂からの立ち合いを願う書状であった。最後に遠州相良の住まいが記されてあった。

磐音は、土子順桂からの書状を畳むと早速返書を認《したた》めた。

その返書に、承諾の言葉と立ち合いの場所、そして立会人を認め、遠州相良領内にいる土子順桂に、上府《じょうふ》の折りに勝負の日時を改めて定められたしと願った。

庭下駄を履き、着流しに脇差《わきざし》のみを差した姿で尚武館に向かった。

道場には、未だ稽古を続けている者や、道具の手入れをしている若い門弟らが残っていた。その中に、いつ戻ったか空也の姿もあって、竹刀の修理をしていた。

磐音は門番の季助《きすけ》が二年半前に亡くなった白山《はくさん》の小屋を、じいっと見詰めているのに気付いた。その足元には、小梅《こうめ》と二匹の牡《おす》の仔犬《こいぬ》がいた。小梅が半年前に産んだ犬だ。

二匹の父親はどこの犬か知らなかった。

仔犬は白山の名を分けて、シロとヤマと名付けられていた。

「季助どの、未だ白山を思い出されるか」

「神保小路以来の犬にございましたからな」

季助が懐《なつ》かしげな声音で答えた。

「頼みがござる。飛脚屋にてこの書状を送ってもらえぬか」

磐音は飛脚の代金を多めに渡した。

「先生、シロとヤマの父親ですがな、どうやら竹屋《たけや》ノ渡し場の茶屋の黒犬のようでございますぞ。小梅がよう茶屋を訪ねておりましたからな。茶屋の女将《おかみ》さんもそう言うておりました」

「茶屋の黒犬とな。あやつ、飼い主に断りもなく、うちの娘を孕《はら》ませおったか」

「先生、犬に文句を言うても仕方ございませんよ。あそこの犬は茶屋に居着いた野良犬のようでしてな。ただ今では渡し場と茶屋の番犬をして餌《えさ》を貰《もろ》うております」

「名はあるのか」

「黒助と呼ぶ者もいれば黒平と呼ぶ客もいて、犬もおよそクロが自分の名と承知しておるようです」

「クロと小梅の子が、シロにヤマか」

シロもヤマも小梅の茶色より黒っぽかった。

「渡し船に乗って今戸橋《いまどばし》の飛脚屋で出して参ります」

小梅村には飛脚屋はない。対岸に渡る要があった。

季助が書状を手に竹屋ノ渡し場に向かった。

磐音は尚武館に立ち寄った。

「磐音先生、父の表情がいつもより険しゅうございましたが、城中でなんぞございましたか」

右近が父親を案じて磐音に尋ねた。

なんとなく門弟たちが磐音と右近の周りに集まってきた。

「右近どの、心配することではござらぬ。明日、それがしと空也が城中に呼ばれた。そのことを知らせに来られたのじゃ」

神原辰之助は、はっ、とした顔を見せた。だが、他の門弟たちは小梅村からの尚武館入門者が多い。ゆえに坂崎磐音と徳川家との間にあった神保小路時代からの古い関わりなど知る者は少なかった。

「磐音先生ばかりか空也どのもですか。はて、なんであろう」

右近が首を捻《ひね》った。

「そなたの父御《てては》の登城に同行するゆえ、明日は朝稽古に立ち会えぬ。小田平助どの、師範代の田丸輝信どの、辰之助どの、宜《よろ》しゅう頼みます」

磐音の言葉に空也が、

「父上、私まで城中に呼ばれるとはどういうことでございますか。私は稽古をしているほうが気が楽です。お断りしてはなりませぬか」

「ならぬ」

磐音の返事は一言だった。

空也がなにかを言いかけ、辰之助が、

「空也どの、速水左近様は、上様の御側御用取次を務めておられるのです。これにはきっと事情《わけ》がございます。磐音先生に大人しく同行なされませ」

と諭《さと》すように言った。

磐音は母屋に戻ると刀簞笥《かたなだんす》から五条国永《ごじょうくにながく》と短刀越前康継《えちぜんやすつぐ》を出し、黙々と手入れを始めた。

この古剣は神保小路の佐々木道場増改築普請《ふしん》の折り、掘り返された敷地で発見された古甕《ふるがめ》の中から出てきたものだ。それを研ぎの名人鵜飼百助《うかいももすけ》が年余の歳月をかけて研ぎ直し、拵《こしら》えを改めてくれた名剣だった。短刀の茎《なかご》には佐々木家の秘密が刻まれていたが、このことと家斉の呼び出しは関わりがあると磐音は察していた。

一月も半ばの陽射《ひざ》しが隅田川の向こうから庭に差し込んでいた。その光景を手入れの間に見るともなく見ていると、季助がなぜか武左衛門《ぶざえもん》を伴い、庭に姿を見せた。

磐音は二口の古剣を鞘に納めた。

「先生、飛脚にたしかに文を託しました」

季助が釣り銭と受け取り書きを渡した。

「尚武館の先生、どうもこのところ胃《い》の腑《ふ》の具合が悪くてな。なんぞ薬はないか」

武左衛門が腹を撫《な》でさすりながら言い、力なく縁側に座した。

「いつからです」

「師走《しわす》前からかな。この時節、なんとのう酒がすすむで、胃の腑が疲れておるのやもしれぬ」

「武左衛門どの、素人《しろうと》判断はいけません。それがしが一筆認めますゆえ、桂川甫《かつらがわほ》周《しゅう》先生に診《み》てもらいなされ」

「御典医などに診てもろうたら、治る病もますますひどくなる。それに第一、診察代の持ち合わせもないわ」

武左衛門が居直った。そこへ台所から金兵衛が姿を見せて、

「つべこべ言わずに婿どのの言うことを聞くんだ、武左衛門の旦那《だんな》」

と一喝し、

「初孫の顔を見ずして、あの世に行ってもいいのか」

と言い添えた。

「なに、わしの胃の腑はそれほど酷《ひど》いのか。わしの診立てでは酒の飲みすぎだ」

「ならば酒をやめればよかろう」

「酒がのうては一日の区切りがつかぬ」

「婿どの、わしが明日、武左衛門の旦那を駒井《こまい》小路《こうじ》の桂川先生のところに連れていこう。そのほうがよかろう」

「舅どの、それはよい考えです。ついでにご自分も桂川先生の診察を受けてこられたらいかがです」

「じょ、冗談じゃねえ。わしは武左衛門の旦那ほど酒は飲まねえよ」

金兵衛が飛んできた火の粉を手で払うような格好をした。

「いいえ、お父っつぁんも武左衛門様と一緒に診てもらったほうがいいわ。この

ところいささか元気がないのが気がかりだったのよ」

おこんが姿を見せて金兵衛に指図をした。

「なんてこった。武左衛門の旦那のせいで、こっちまで御典医に診てもらえってか。畏《おそ》れ多いこったぜ」

金兵衛が嫌味を言うのへ、

「どてらの金兵衛さんよ、余計な口出しをするからこうなるのだ」

と武左衛門がぼやいた。

「いえ、早苗《さなえ》さんも、このところ父は腹をさすってばかりおいでですと案じておられましたよ」

武左衛門の長女の早苗は二年前に田丸輝信と所帯《しょたい》を持ち、輝信は神原辰之助とともに尚武館の師範代として道場に詰めかける門弟衆の稽古相手を務めていた。若夫婦の輝信と早苗は、三囲《みめぐり》稲荷の裏手の、小梅村名主が所有する小さな借家に住まい、その家から輝信も早苗も尚武館に通っていた。

その早苗からおこんは、父親の体調を案じる相談を受けていたのだ。

「よし、決まった。俎板《まないた》の上の鯉だ。婿どの、文を御典医先生に書いてくれねえか。だがよ、わしは飽くまで武左衛門の旦那の付き添いだぞ」

「いいえ、どてらの金兵衛さんも診察です」

おこんに切り返されて、金兵衛もしょんぼりと肩を落とした。

その夜、夕餉《ゆうげ》が済んだあと、住み込み門弟衆が次々に尚武館の長屋に戻っていった。

そんな中、その場に残ったのは、坂崎家の四人に金兵衛のほか、弥助《やすけ》、小田平助、神原辰之助の三人で、明日の稽古の手順を磐音に確かめるためであった。だがその中で弥助は、坂崎父子が城中に呼ばれたことに訝《いぶか》しさを感じていた。

老中首座松平定信は、将軍家斉の補佐役を兼任し、巨大な権限を有して改革を推進していた。

この改革は、財政的にはある程度の改善が見られ、田沼時代の危機的状況からは幾分持ち直していた。だが一方で、物価の引き下げ、旧里帰農奨励の触《ふ》れなどはほとんど成果を上げていなかった。さらに倹約令などの徹底した緊縮政策は、江戸においても評判が悪かった。

そのような最中、速水左近が家斉と定信の間に割って入るかたちで、

「御側御用取次」

に復帰したのだ。

十五歳で将軍の座に就いた家斉は成人したものの、その背後で家斉の実父一《ひとつ》橋治済《ばしはるさだ》が力を揮《ふる》い始めていた。

そんな情勢下での坂崎父子の呼び出しだ。

弥助が危惧《きぐ》したのは当然であった。

「磐音先生、わっしが動くことがございましょうか」

おこんの手伝いで空也が小袖《こそで》と羽織袴を着付ける隣座敷を見ながら、弥助が尋ねた。

「弥助どの、この段階で動くことはあるまいと思う。政は生き物、常に流れ動くものゆえ、どのような沙汰が下るやもしれぬ。上様の背後におられる一橋治済様も、松平定信様も、われら父子にそう無下《むげ》な扱いをなされるとも思えぬ。まずは家斉様にお目にかかってみます」

その場が凍り付いた。

「上様の御目見にございますか」

弥助の問いに磐音が首肯し、空也が、

「それでかような形《なり》をせねばならぬのですか、母上」

と尋ねる長閑《のどか》な声が凍り付いた場を溶かした。

三

翌朝、季助が格別に早く朝風呂をたててくれた。

親子で湯に浸《つ》かり、身を清めた。

磐音にとっては斎戒沐浴《さいかいもくよく》といった気持ちだったが、空也は、

「父上、上様にお目通りするのは厄介《やっかい》なものですね」

といたって呑気《のんき》なもので、緊張感はいささかも感じられなかった。

父子で背中を流し合い、おこんの用意してくれた真新しい下帯を締め、昨日から用意されてあった長襦袢《ながじゆばん》、小袖、袴を身に着けた。仏間に入った二人は灯明を灯し、佐々木玲圓ら先祖の位牌《いはい》に手を合わせた。

その上で朝餉《あさげ》を食し終えた。

磐音は短刀越前康継を差し、空也は脇差を腰に手挟《たばさ》んだ。おこんが二人に羽織を着せかけたが、

「空也には父上の羽織はいささか大きゅうございますが、そなたは未だ十四です

ので、上様に失礼ではありますまい」

と言い訳した。だが、当人はいたってのんびりしたものだ。

「羽織など七五三の折りに着て以来だな。武家奉公とは堅苦しいものですね、母上。利次郎さん方は毎日かようなことを繰り返しておられるのですか」

「これほどではございますまいが、大名家の家臣なれば身嗜《みだしな》みは致し方ないものです」

「ふーん、私は生涯、道場の一門弟でようございます」

と言いながらも睦月に、どうだという顔で父からの借り着を見せた。

「兄上には十分すぎるお仕度です」

睦月が空也にそう言ったとき、右近が庭に顔を見せて、

「磐音先生、空也どの、それがしが表猿楽町まで舟でお送りいたします」

と声をかけてきた。

「右近どの、稽古を中断させて相すまぬ」

「いえ、そのようなことは」

と一旦言葉を切った右近が、

「磐音先生、空也どの、本日は尚武館道場にとって大きな変わり目のような気が

します。違いましょうか」

はて、それは、と磐音は言葉を止めた。だが、空也は、

「大きな変わり目とは、尚武館がなくなるのですか。となると、明日からどこで稽古をしようか」

と呑気な言葉を発した。

「なくなりはしますまい」

右近が答えたが、それ以上は言葉にしなかった。その場にある坂崎一家と右近に思い思いの考えが去来した。

「右近さん、まさか上様は、私を家来に命じられるなんてことはないですよね」

「さあ、どうでしょう」

「そ、それは困ったぞ。毎朝かように面倒な身仕度を整えて城通いなどまっぴら御免です。杢之助さんもかようなことをしておられるのですか」

「兄上は城勤めが肌に合うておるようです。ですが、次男坊のそれがしは生涯尚武館で修行を続けます。それでよろしいですよね、磐音先生、義姉上《あねうえ》」

「ふむふむ、右近さんの気持ちが少しだけ分かったぞ」

空也が心得顔で頷《うなず》いた。

　磐音が刀架から五条国永を手にし、

「右近どの、頼む」

　と改めて願った。

　尚武館の船着場まで、住み込み門弟や朝稽古に来ていた通い門弟、おこんと睦月らが見送った。磐音と空也に続いて、シロとヤマが猪牙舟《ちょき》に乗り込もうとして、睦月に、

「おまえたちはだめです」

　と両手に抱え上げられ、右近が棹《さお》を差して隅田川に舳先《へさき》を向けた。

　見送りの門弟衆もおこんらも言葉を発しない。

　磐音と空也が城中に呼ばれたことで、それぞれが胸中であれこれと考えを巡らせていた。

　磐音は一礼し、空也もそれに倣《なら》った。


　表猿楽町に二人が到着したのは、六つ半前の刻限だった。

　右近が先に屋敷に走り、父子の到来を告げたため、式台の前に速水左近の奥方和子《わこ》と奉公人が待ち受けていて、

「空也様、こちらへ」

と空也一人を呼んだ。

磐音が待つうちに、主《あるじ》の速水左近が姿を見せた。すでに登城の仕度はなっていた。

「速水様、よしなにお願い申し上げます」

左近も黙って頷いた。

そこへ空也が和子と右近に連れられて戻ってきた。

「磐音先生、空也どのの羽織がいささか大きいゆえ、母上に言うてそれがしの羽織に着替えてもらいました。義姉上の仕度を無にしましょうか。余計なお節介ならば、また着替えてもらいます」

右近が磐音に質《ただ》した。空也は右近の羽織を着せられて、

「父上、ぴったりです。これだとだれにも借り着とは思われますまい」

と両手を広げてみせた。

「和子様、右近どの、忝《かたじけの》うござる」

磐音が感謝の言葉を述べて登城の行列が組まれた。

坂崎父子は速水左近の乗り物の左右に従うことになった。

御側御用取次速水左近の行列は、大手三ノ門外が下乗《げじょう》場所だ。

城中に顔を知られる速水左近に伴われた坂崎父子は、通常の四つ（午前十時）の出仕前に殿中に上がった。

将軍家斉への坂崎磐音、空也父子のお目通りは非公式のものだ。ゆえに公式の行事が始まる前の五つ半（午前九時）に大広間において行われた。

磐音は殿中に入る前に五条国永を掛の者に預け、短刀だけを腰に差していた。

空也は脇差を携えただけの姿だった。

さすがの空也も、初めての殿中の厳《いか》めしさに緊張したようで、身を固くしていた。

磐音も西の丸には上がったことはあるが、本丸に立ち入ったことはない。だが、殿中に入った瞬間からすべての感情を打ち消し、無の境地で対面の瞬間を待った。

「上様、お成り！」

小姓の声がして磐音が平伏し、空也が倣った。

無人だった上段に人の気配がして、着座した様子が伝わった。

しばしの静寂ののち、若い声が響いた。

「坂崎磐音、坂崎空也、よう参った」

「ははあ」

磐音が平伏したまま返答した。

「磐音、空也、面《おもて》を上げよ。許す」

家斉の言葉に空也が勢いよく顔を上げ、家斉を見た。一方、磐音はゆっくりと間をおいて頭を上げた。上段の間の端に速水左近が座しているのが見えた。

「坂崎磐音、嫡子の空也にございます」

「会いたかったぞ」

いきなりの家斉の言葉に、磐音は驚きを禁じ得なかった。だが、挨拶《あいさつ》以外の言葉を口にしてよいかどうか迷った磐音は、無言で軽く低頭した。

「磐音、空也、返答を許す」

「恐悦至極にございます」

「そのほうの名、幾たび耳にしたことか。ただ今は小梅村に直心影流尚武館坂崎道場を開いておるのだな」

「はい」

磐音が答えたとき、新たに御小姓が剣を捧げて上段の間に姿を見せた。

その刀は磐音の五条国永であった。

家斉が五条国永をちらりと見た。

「坂崎磐音、この一剣、神保小路の拝領地に埋まっていた古甕から出てきた古剣というが、さようか」

「いかにもさようにございます」

「拝領地より姿を現した剣、曰《いわ》く次第では予《よ》の物といえぬか」

家斉が笑みを浮かべて言った。

「大名諸地、直参《じきさん》旗本の敷地はすべて上様のもの。ゆえにそのようなお考えも成り立ちます」

「ならば予が貰うてよいか」

家斉が磐音に質した。

しばし間を置いた磐音が腰の短刀を抜いた。

場に緊張が走り、御小姓頭が立ち上がろうとした。

「御小姓頭どの、それがしの短刀も併せて上様にご覧いただきとうござる」

鞘のままの短刀越前康継が御小姓頭の手に渡され、

「坂崎磐音、この短刀も古甕から現れたものか」

「いかにもさようでございます」

「短刀も予のものか」

「上様、御意のままに。されどその前に、短刀の茎《なかご》をご覧いただきとうございます」

「ほう、茎をのう。だれぞ目釘《めくぎ》を外せ」

家斉が命じ、御小姓たちが意外な展開に一瞬ざわめいた。

「上様、それがしが目釘を外してようございますか」

御側御用取次の速水左近が家斉に許しを乞《こ》うた。

「左近、差し許す」

「失礼仕ります」

家斉に近付いた速水が御小姓頭から梨子地《なしじ》葵紋螺鈿《あおいもんらでん》腰刀造りの短刀を受け取り、家斉から間を置いた場で鞘を払った。さらに懐に用意していた目釘抜きを使い、手際よく抜いた。

昨日、磐音は目釘を抜いて手入れをしていた。

抜き身になった茎を見ないようにして、速水は懐から白地の袱紗《ふくさ》を出して茎を包むと、

「上様」

と家斉に差し出した。
家斉が白絹に包まれた刀身をじっくりと見た。一尺一寸三分の刀身の両面には一対の昇龍が彫られてあった。
「越前康継か」
袱紗を抜いた家斉が、
以南蛮鉄於《なんばんてつをもつて》武州江戸《ぶしゆうえど》越前康継《えちぜんやすつぐ》
と茎に刻まれた裏銘を確かめ、表に返した瞬間に、
はっ
とした。そこには、格別な刀であることを示す、
「三河国佐々木国為代々用命　家康」
との文字と葵の御紋が刻まれてあった。
佐々木国為が佐々木家にとってどのような人物か、磐音にはもはや知る由《よし》もなかったが、家康から佐々木家に託された用命があることは、まぎれもない事実であった。
磐音の他にこのことを承知しているのは、刀の手入れをした鵜飼百助だけであった。だが、それを速水左近は承知と思えた。本日の御目見に際し、五条国永と

越前康継を携帯させ、家斉に披露《ひろう》させる機会を拵えたのは速水しか考えられなかった。

（となると）

磐音の想いをよそに、家斉は忘我の表情で康継の表銘に見入り、磐音に視線を向けた。

「坂崎磐音、そのほう、この古剣二口が佐々木家の敷地内の古甕に隠されていた謂《いわ》れを承知か」

「いえ、存じませぬ。わが養父佐々木玲圓もまた不承知にございました」

「亡き家基様を陰で支えていた理由がここにある。いくら予とて、この二口の刀をわが物にすることは叶《かな》わぬな」

「恐れ入ります」

家斉は短刀の柄《つか》をゆっくりと戻し、秘密が知れぬようにして、

「左近、目釘を打て」

と命じた。

速水左近は家斉の近くに膝行《しっこう》すると、表銘が隠された柄に目釘を打った。

「坂崎磐音、そのほう、徳川家基様の剣術指南であったな。そしてただ今は紀伊《きい》

徳川家の剣術指南である」

「はい」

「予の剣術指南を命じたら、いかがなすな」

磬音は答えに窮した。

「いささか当惑しておりまする」

磬音の言葉に家斉が笑い出した。

「左近、予の頼みを断りおったわ」

「上様、俗に二君に仕えず、と申します。剣術家坂崎磬音もまた、徳川家基様の剣術指南であった以上、家斉様の剣術指南に就くことはならじ、と答えを迷うたのではございませぬか」

「左近と磬音、言葉を交わさずして互いの胸中を察することができるか」

「坂崎磬音とは運命《さだめ》に従い、苦楽を共にしてきましたゆえ」

「古狸が言いおるわ」

と洩らした家斉が、

「空也、そのほう、父の跡を継ぐ覚悟か」

と空也を見た。

「はい」

「予の家臣になる気はないか」

「ございません」

空也の返事に迷いはなかった。

「父を超えることができると、祖父佐々木玲圓の霊に誓えるか」

「上様、長く険しい苦難の道が待ち構えていることは坂崎空也、承知しております」

「その言《げん》やよし」

と答えた家斉が左近を見た。

「左近、この父子、予の頼みを悉《ことごと》く断りおったわ」

「恐れ入ります」

家斉が視線を左近から空也に移した。

「空也、わが一剣をとらす」

家斉が思いがけない言葉を吐いて、御小姓頭が持つ佩刀《はいとう》を空也に渡すよう命じた。

下賜《かし》された佩刀の造りは、黒漆打刀拵《くろうるしうちがたなこしらえ》 柄長七寸余、鞘長二尺七寸余の大業《おおわざ》物《もの》だった。

「ただ今の空也ではいささか扱いが難しかろう。早う予の佩刀を使いこなすようになれ」

「はい、必ずや近々使いこなしてみせまする」

空也が家斉に誓って受け取った。

家斉の眼が磐音に戻った。

静寂の間がしばしあって、

「最後の頼みは拒んではならぬ」

と断り、さらに間を置いた家斉が、

「坂崎磐音、神保小路に直心影流尚武館道場を再興いたせ。むろん道場主は坂崎磐音、後継は坂崎空也とせよ」

と明言した。家斉は言外に新たなる官営道場を神保小路に設けよと命じていた。

その証《あかし》が佐々木の姓を道場名から抜いた理由であろう。

磐音は静かに頭を下げて、その命を受けた。

「上様、家基様が身罷られ、養父玲圓と養母《はは》おえいが自裁し、神保小路の尚武館道場の扁額《へんがく》を下ろしたのは安永《あんえい》八年（一七七九）二月二十四日にございました。

以来、茫々十四年の歳月が過ぎ去ろうとしております」

磬音は言葉に詰まった。

「長いこと苦労をかけたな」

家斉の労《ねぎら》いの言葉に、磬音は思わず眼が潤みそうになった。だが、顔を伏せたまま耐えた。

「望外のお言葉を賜《たまわ》り、坂崎磬音、返答のしようもございませぬ」

なんとか言葉を絞り出した。

家斉の眼が再び速水左近に向いた。

「左近、神保小路の尚武館道場には、予の代わりに家臣らを迎え入れよ。どうじゃ、そのほう、血は繋《つな》がっておらぬが、坂崎磬音の養父であろう。なら、それくらいは養女の婿に言い聞かせよ」

「上様、佐々木玲圓とおえい夫妻が草葉の陰で感涙にむせんでおりましょう」

磬音はゆっくりと顔を上げ、家斉を見た。頷き返した家斉が、

「磬音、これに来よ」

と上段の間に招き、磬音が上段の間の下まで膝行した。

家斉自ら立ち上がり、五条国永と越前康継の大小を磬音に渡し、

「その刀を継ぐ者は空也しかおらぬ。磐音、空也にその大小に値するほど精進させよ」

と磐音に向かって言葉を添えた。

「上様のお言葉を励みに、修行に邁進《まいしん》させまする」

磐音は五条国永と越前康継をかたわらに置くと、家斉に約定した。

「空也、尚武館道場が神保小路に戻った折り、予も見物に参る。空也、そなたの技量を確かめるぞ」

「楽しみにしております」

空也に頷き返した家斉が、本丸大広間上段から姿を消した。

御側御用取次の御用部屋で、磐音と速水左近はしばらく二人だけで話し合った。

「速水様、上様へのお口添え、真《まこと》に有難うございました」

磐音はまず速水左近に感謝の言葉を口にした。

しばし間を置いた速水が、

「磐音どの、神保小路の古甕から現れた二口の古剣には、なんぞ曰くがあると察しており申した。だが、これは尚武館の主だけが承知の秘密、ゆえにそれがしも触れること能《あた》わずと思うておった。だがな、磐音どの、それがしも歳をとった。わが存命中に尚武館を神保小路に立ち戻らせたいと思う気持ちは、佐々木玲圓どのの非業の死を知る者なればだれしも同じこと。だが、玲圓どのの後継坂崎磐音は老中首座松平定信様からの申し出を幾たびも拒んでこられた。その真意が奈辺にあるか、それがし、ふと気付いたとき、御家人鵜飼百助を訪ね、虚心坦懐《きょしんたんかい》に尋ね申した」

二人だけの長い話になった。

四

右近の櫓《ろ》で磐音と空也が小梅村の船着場に戻ったとき、刻限は七つ（午後四時）近くになっていた。

城中を御用部屋の若侍に導かれ、磐音が空也とともに大手門を出たのは昼九つ（正午）前のことだった。

右近が尚武館の小舟を日本橋川の一石橋《いっこくばし》際に着けて待っていてくれた。

「待たせましたな、右近どの」

と労った磐音は、

「すまぬが、今津屋《いまづや》に立ち寄ってもらえぬか」

と願った。

そのようなわけで春の陽射しが西に傾く刻限になっていた。

住み込み門弟ばかりか、古い門弟にして未だ師範を務める依田《よだ》鐘四郎《かねしろう》ら大勢が、首を長くして磐音と空也の帰りを待ち受けていた。出迎えた大勢の顔に緊張とも恐れともつかぬ色が漂っていた。

「ご一統、お待たせした上に、ご心配をかけ申した」

磐音が詫《わ》びると、金兵衛が、

「それどころじゃねえぜ。た、大変だぜ、婿どの」

本日、金兵衛は武左衛門を伴い、磐音の書状を持参して駒井小路の桂川甫周国瑞《くにあきら》の屋敷を兼ねた診療所を訪ねていた。

「武左衛門どのの病状、よほど悪うござったか」

磐音が問い返した。

「桂川先生の診立ては、武左衛門の旦那の日頃の不摂生がたたってさ、五臓六腑に疲れが溜まっているんだと。当分、酒は禁止、代わりに薬を飲めとさ」

「それはようござった」

「大変なことは、そのことじゃねえ」

「なんでございますな、舅どの」

「駒井小路からの帰りによ、何気なく神保小路に入り、昔の尚武館の前を通ったと思いねえ。するとよ、昔の尚武館の跡にだれぞ新たに旗本が入る気配があってよ、それも隣屋敷と合わせて千坪ほどに広がった敷地で大掛かりな普請が行われていやがった。もう婿どのが神保小路に戻るあてはないぞ」

金兵衛が一気に喋ってがっくりと肩を落とした。

黙って頷いた磐音が猪牙舟から船着場に飛び移った。すると、小梅とシロとヤマが、
わんわん
と吠《ほ》えて主父子を出迎えた。

「ご一統、話がござる。母屋に来てもらえませぬか」

磐音が願い、一統が尚武館の敷地を抜けて母屋に向かった。

「母上、ただ今戻りました」

大声を上げて空也が知らせたのち、二人は仏間に入ると灯明を灯して座し、合

掌した。

磐音と空也の合掌を、隣座敷から大勢が黙って見詰めていた。

ようやく合掌を解いた磐音と空也が仏間から座敷に座を移した。

そこには、出迎えた依田鐘四郎、小田平助、田丸輝信、神原辰之助ら主立った門弟衆が顔を揃《そろ》えていた。

おこんも睦月も金兵衛もその場に顔を見せた。

磐音は刀架に大小は戻していたが、空也は一振りの刀を持参していた。

父子の送り迎えをしてくれた速水右近にも、城中の出来事は一切話していない。

右近も自分のほうから尋ねるようなことを差し控えていた。

尚武館の運命が決まるかもしれないお呼び出しであった。そのことを一同は、城中から戻ってきた坂崎父子の顔を見て推測しようとしていた。だが、だれもが確信ある答えを出し切れずにいた。

「お待たせ申した」

磐音は腰を落ち着けて、しばし瞑目《めいもく》した。その挙動を一同が、じいっと凝視していた。

両眼を見開いた磐音が座敷を見回し、

「本日、本丸大広間にて上様の御目見を得ました。上様の他に速水左近様が同席なされただけの場でござった」

父の名が出たことで、思わず右近がごくりと喉を鳴らした。

「失礼いたしました」

右近の言葉はだれの耳にも入らず、磐音に視線が注がれていた。

同じ場にあった御小姓衆は将軍に付属する影の者、磐音が触れなかった理由だ。

「家斉様は、神保小路の尚武館を再興せよと命じられた」

おおっ！

という静かなどよめきが起こった。だが、すぐに静まった。

「家斉様があれほど尚武館とそれがしについてお心遣いなされておったとは、正直驚き申した。われらと身罷られた田沼意次様一党との戦いを承知しておられるご様子で、それがしが尚武館再興を承ったとき、上様は『長いこと苦労をかけたな』と労いの言葉を口になされた」

家斉の父は一橋治済だ。

将軍家治の世子、家基が亡くなったとき、治済が子の豊千代《とよちよ》（家斉）を十一代将軍に就けんがために暗殺したという風聞が城の内外に流れたことがあった。だが、家基と家斉の祖父は、八代将軍吉宗《よしむね》の長男徳川家重《いえしげ》であり、四男の徳川宗尹《むねただ》だ。そのような話があろうはずもない。

家基の悲業の死によって十一代将軍位に就いた家斉と磐音は、これまでどのような関わりもなかった。

その家斉が、坂崎磐音ばかりか嫡男《ちゃくなん》の空也を呼んで尚武館の再興を命じたのだ。

その言葉を聞いた依田鐘四郎が片手で両眼を覆った。感激の涙を知られたくないゆえだ。だが、だれもが己の胸に去来する尚武館の雌伏《しふく》の刻《とき》が終わったことを察し、なにも考えられずにいた。

「磐音先生、祝着《しゅうじゃく》至極《こら》にござる」

なんとか落涙を堪えた鐘四郎が、一同を代表するかたちで祝いの言葉を述べたが、その声音は震えていた。

「師範、ご一統、それがしも上様と同じ言葉を申そう。ご苦労にござった」

短い言葉だったが、万感の籠ったものだった。

一同に磐音の気持ちが伝わった。

「といって、尚武館をどこへ造るよ。この小梅村か」

「いえ、舅どの、尚武館は神保小路であらねばなりません」

「えっ」

と金兵衛が驚愕《きょうがく》の声を上げ、しばし考えた。

「む、婿どの、わ、わしと武左衛門の旦那が見た神保小路の普請場、まさかあれが新たな尚武館だと言うんじゃあるめえな」

「舅どの、いかにもさようでした。上様はこちらの身辺を、御庭番《おにわばん》を使って詳しく調べられた末に、直々に普請奉行に命じられたそうにございます。ゆえに、当初は御側御用取次の速水様さえ知らぬことであったとか。上様とのお目通りの後、速水様より聞き申した」

坂崎磐音が、なぜ老中首座松平定信の命を拒み続けてきたか、速水左近は判然とせずにいた。

田沼意次、意知《おきとも》父子が権勢を揮った時代は、すでに掻き消えていた。直心影流尚武館道場が神保小路に戻ることになんの差し障《さわ》りもないと思えた。

だが、磐音は小梅村を動こうとはしなかった。

速水左近がそのことに気付いたのは、幕閣に復帰して間もない頃、下城の途次の乗り物の中であった。

(おお、そうか、そうであったか)

速水左近は思い付きを何度も考え直した。

数日後、速水は南割下水吉岡町《みなみわりげすいよしおかちょう》の御家人鵜飼百助の屋敷を訪ねた。幕閣の要人がまず自ら、研ぎ師を営む御家人の屋敷を訪ねることはない。それも供をどこかに待たせて一人での訪《おとな》いであった。

「鵜飼百助じゃな」

「いかにもさようでございます、速水左近様」

「それがしを承知か」

「互いに知る人物がおりますでな。それに、いつぞや小梅村でお見かけいたしました」

と答えた百助が、

「上様の御側御用取次様が刀の研ぎとは思えぬ」

と呟《つぶや》き、研ぎ場を離れると、鶏が駆け回る庭に速水左近を誘《いざな》った。

すでに陽は西に傾き、庭の緑を照らしていた。鵜飼百助は、庭の一角にある切り株を勧めると、速水が腰を下ろすのを見届けてから自らも座り、尋ねた。

「小梅村に関わることにございますな」

速水左近は百助に、

「坂崎磐音に悲願を叶えさせたい。いや、それがしが生きておるうちに神保小路に尚武館の再興を見たい。あの世に行って佐々木玲圓どのに伝えたいでな」

「この爺になにをせよと仰《おつしや》いますな」

「そなた、神保小路から出てきた古剣、五条国永ともう一口の短刀の研ぎをなしたな」

「研ぎ師冥利《みようり》に尽きる仕事にございました」

「二口の刀は甲乙つけがたいものであったろう。じゃが、あの剣には隠された秘密がなければならぬ」

「さようなことは年寄り研ぎ師には関わりなきことにございます、速水様」

速水は鵜飼百助のにべもない言葉に首肯した。

「鵜飼百助、なぜ坂崎磐音は、老中首座松平定信様の寛容な申し出を拒み続けるか分かるか」

「政の話なれば、尚のこと存じませぬ」

「鵜飼百助、今は亡き田沼意次様の命により尚武館は取り潰された。そして今、新たなる老中首座松平定信様の命で再興話がある。鵜飼百助、そなたが申すように、政の中で尚武館道場は取り潰され、また再興話が出てきておる。坂崎磐音は、時の為政者の言葉など一片の雲よりも軽いことを身に染みて承知しておる。ゆえに松平定信様の言葉に耳を傾けぬ。ならば、だれの言葉ならば坂崎磐音が動くか、それがし、佐々木玲圓の剣友、盟友としてここ数日考え抜いてそなたを訪ねたのだ。坂崎磐音を動かすのはあの二口の剣しかない。そして、それを命じられるのは将軍家斉様しかおられぬ。そう考えた」

速水左近の言葉は切々と鵜飼百助の耳に響いた。

長い沈黙のあと、

「坂崎磐音とこの年寄りしか知らぬ秘密を洩らせと、そなた様は仰いますか。鵜飼百助にも、研ぎ師として死を賭《と》して守るべき筋がございます」

と言った。研ぎ師天神鬚《てんじんひげ》の百助の言葉は、

「秘密があった」

ことを告げていた。

「鵜飼百助、邪魔をしたな。いつの日か、わが剣を研いでもらいたいものよ」

と言い、切り株から立ち上がった速水左近に、

「あの二口、上様にご覧いただくに値する剣にござったな」

と鵜飼百助が独り言を洩らした。

鵜飼百助は研ぎ師として秘密を守り、速水左近は言外にその意味を悟った。

この日より速水左近は、御側御用取次の立場を利用して、家基の剣術指南役であった坂崎磐音について、さらには神保小路にあった直心影流尚武館佐々木道場の運命について、家斉に語る機会を設けてきた。

そのことが本日の坂崎磐音と空也父子の家斉との対面をなさしめた。

もう一つ、磐音の御目見の背景には、改革を主導する老中首座松平定信の政治手腕に対し、家斉が疑問を抱くようになったことがあった。

家斉が家基の代わりに十一代将軍に就いたのは十五歳のときであった。だが、六年の歳月を経て家斉は二十一歳となり、松平定信の改革が壁にぶつかっていることを知っていた。そんなこともあって、家斉は速水左近の言葉を受け入れたのだった。


「婿どの、右隣の屋敷はどなたであったかな」

金兵衛が磐音に問うた。

「寄合席七百八十石松宮《まつみや》多聞《たもん》様の御屋敷でございました。松宮様は二年余前、小《こ》納戸《なんど》役に就かれたのをきっかけに別の拝領屋敷に移られたそうです。そこで上様は尚武館を広げ、およそ千坪の敷地に昔どおりの、いや、一回り大きな道場と住まいを建てることを命じられたのです」

「おお、千坪御殿の主になったか、うちの婿どのは」

喜びを表す金兵衛の砕けた言葉に、座が一気に和《なご》んだ。

一同が口々に祝意を述べた。

その騒ぎが静まったとき、磐音は再び口を開いた。

「亡き師匠である養父上、養母上もようやく無念の想いを解かれ、安寧な眠りに就かれたことと思う。明日にも徳川家基様の墓所にお参りいたす」

と報告した磐音に右近が、

「小梅村から神保小路には、いつ引っ越されますか」

と尋ねた。

「城中ゆえ、速水左近様と詳しゅう話す機会はなかった。明日にも速水様が下城の途次お見えになろう」

「婿どの、わしと武左衛門の旦那が門外から覗《のぞ》いた限りじゃ、あとひと月もすればあの普請は仕上がる様子だったな」

「ならば、われらもその仕度をせねばなりませぬな」

と磬音が空也を見た。

空也は、本日の城中での家斉との対面が、坂崎家と尚武館に大きな意味を持っていたことに改めて気付かされていた。

その一方で空也は、家斉との対面の中で交わされた大事なやりとりを、ここにいる一同に父が話さなかったことにも気付いていた。

父がいつもの差料ではなく、普段は滅多に腰に手挟むことのない五条国永と越前康継を携え登城したことに、何か大きな意味があったのだ。

父にとり、そして己にとって、それだけ重大な対面であったのだ。

空也は、家斉から拝領した一剣を両手に捧げ持ち、一同に見せた。

「上様から頂戴《ちょうだい》いたしました」

「なに、上様は、空也どのに佩刀を下しおかれましたか」

刀に詳しい依田鐘四郎が、じいっと見た。

「父上、依田様に鑑定してもろうてようございますか」

空也が磬音に許しを乞うた。

「空也、上様から下げ渡された刀を鑑定するなど恐れ多かろう。じゃが、謂れが分からぬでは話のしようもあるまい。師範にお渡しせよ」

依田鐘四郎が恭《うやうや》しく刀を受け取り、しばし呼吸を整えて懐紙を咥《くわ》え、すらりと抜いた。

刃長二尺六寸七分余か。地鉄大板目《じがねおおいため》、刃文《はもん》は互ノ目丁子《ぐのめちょうじ》。

一見して豪壮な刃の風情《ふぜい》だ。

刃をしげしげと観察していた鐘四郎が、

「備前長船《びぜんおさふね》派の作刀かと見ました」

と告げたとき、

「おや、父上が参られたぞ」

速水左近の姿をいち早く目に留めた右近が言った。杢之助も同道している。下城途中に誘い合わせて小梅村を訪ねた様子だった。

「速水様、本日は忝うございました」

「先生、礼は十分御用部屋で受け申した」

城中にあるときには見せない磊落《らいらく》な表情で応え、

「依田鐘四郎、そなたの鑑定、あたりじゃ」

鐘四郎に言い、おこんが用意した座布団に腰を下ろした速水が、

「備前長船派の修理亮盛光《しゅりのすけもりみつ》じゃ」

一座にどよめきが起こった。

初代盛光の子の修理亮盛光は小脇差が多い。これほどの大業物は珍しかった。

「空也は未だ背丈が伸びよう。今は使いきれぬやもしれぬが、六尺を超えてみよ。よき愛刀となろう」

速水左近が言った。

依田鐘四郎の手から神原辰之助へと渡り、家斉の佩刀であった盛光がゆっくりと弟子の間を巡っていった。

磐音は、左近が周到な準備で本日の家斉の命を遂行したことを悟った。

空也は門弟衆の間を巡る盛光が、
ずしり
と背にのしかかったことを感じていた。

(父上はこの重荷に耐えてこられたのだ)

と思うと、これまでの父の姿が違って見えた。

「お邪魔しますよ」

庭先に別の声がして、今津屋吉右衛門《きちえもん》、老分番頭《ろうぶん》の由蔵《よしぞう》が、男衆《おとこし》に四斗樽《しとだる》や料理らしきものを持たせて姿を見せた。磐音と空也が城からの帰路、今津屋に告げ知らせたのだ。

「おや、速水様もお見えでしたか。まさか神保小路の普請が尚武館再興のための普請であったとは、速水様もお人が悪うございます。なにはともあれ、お祝いにございますよ。おこんさん、迷惑かな」

いつもより上気した吉右衛門の言葉で、

「とんでもないことでございます。今津屋育ちのこん、どのようなことにも驚きはしませんよ。ささっ、皆様、宴の仕度ですよ」

おこんの興奮した声が小梅村に響き渡った。

第二章　殴られ屋侍、戻る

一

朝稽古を早めに切り上げた磐音は空也を呼び、

「本日も供をせよ」

と命じた。

空也は昨日の様子から供を命じられるような気がしていた。ゆえにいつもより早く起床して庭を駆け巡り、跳躍を繰り返しながら堅木《かたぎ》の丸柱の頂きを木刀で打つ稽古を始めた。そのあと尚武館道場に駆けつけ、住み込み門弟衆とともに道場の掃除を終えたが、この日はいつもの朝稽古とは違っていた。

昨日の宴は五つ半（午後九時）まで続き、皆が尚武館道場の神保小路への復帰を素直に喜んだ。小梅村から神保小路への引っ越しは、「再興」の第一歩であった。だが、若い門弟の中には神保小路時代を知らない者も大勢いた。

宴の中で住み込み門弟の兄貴分、神原辰之助が、

「磐音先生、この小梅村の道場はどうなさるのでございますか」

と尋ねた。

住み込み門弟のだれもが気にしていたことだ。

今津屋吉右衛門が磐音の心中を察して、

「坂崎様、今更お返しになることはございません。小梅村の使い道はいくらもございましょう。つまりは尚武館佐々木道場が神保小路ならば、小梅村は尚武館坂崎道場として若い門弟衆の修行の場にするとか、神保小路への引っ越しの仕度の中で使い道を決めていけばよいのではございませんか」

と言い、磐音は有難くその気持ちを受けることにした。

一夜明けた朝稽古の前に、そのことを知らされた通い門弟の中にあって、小梅村にある越後《えちご》長岡《ながおか》藩牧野《まきの》家下屋敷奉公の三《み》ッ木《ぎ》幹次郎《みきじろう》が、

「めでたいことであろうが、困ったぞ。今度はそれがし、川を渡って神保小路まで通うのか」

と言い出した。

三ッ木は三年前から尚武館坂崎道場に入門した十七歳の若手だ。

武家奉公の者が小梅村から神保小路に通うとなれば、毎朝だった稽古が三日に一度と少なくなってしまう。そういった門弟衆のために小梅村に道場を残すのは大事なことかもしれぬと磐音は思い至った。

師範代のひとり田丸輝信も早苗と所帯を持ち、小梅村に住んでいた。

江戸から小梅村に通って来る者が精々二日か三日に一度しか稽古に来られないように、これまで小梅村界隈から通っていた門弟にとっては、いささか難儀なことであった。

神保小路への引っ越しにはいくつかの課題も付きまとうのだ。

朝稽古の指導を終えて母屋に引き上げようとした磐音に、住み込み門弟の井上《いのうえ》正太《しょうた》が、

「磐音先生、川向こうまで舟でお送りいたしましょうか」

と声をかけてきた。この井上も住み込み門弟になって六年の歳月が過ぎようと

していた。

「いや、本日は渡し船で参ろうかと思う」

と応じた磐音は、神保小路への移転に際して住み込み門弟たちの処遇も考えねばなるまいと思った。

磐音と空也は今朝も湯を使い、おこんと睦月の手伝いで着替えをした。

「父上、神保小路は小梅村とは様子が違いましょうね。今津屋さんの店先のように賑《にぎ》やかな所ですか」

睦月が不安げな顔で磐音に訊いた。睦月は小梅村で生まれ育った娘だった。この界隈は緑が多く、水辺に囲まれた長閑な土地柄であり、睦月にとって小梅村が、

「故郷」

であった。

「あちらは武家地ゆえ、今津屋のある両国西広小路とも違う。本日、空也と見て参るで、いずれそなたらにも見てもらおう」

と磐音が答えた。

尚武館が神保小路に戻ることは「夢」であった。だが、夢が現実となってみると、その感じ方は一人ひとり異なることを、磐音もおこんも気付かされた。

「小梅とシロとヤマはどうしましょうか」

空也がだれとはなしに訊いた。

「一家で引っ越すか、それとも小梅をこちらに残し、仔犬二匹を連れていくか」

これもまた考えねばならない難題だった。

仏間に入った磐音は灯明を灯し合掌した。そして、数珠《じゅず》を手にしたまま、

「仕度はできたか」

と空也に声をかけた。

「父上、上様より拝領の盛光を身につけてようございますか」

空也は五尺七寸を超えていた。だが、未だ育ち盛り、体が完全に出来上がっているとはいえなかった。

磐音は刀簞笥から二尺四寸八分の肥前《ひぜん》国近江大掾藤原忠広《おうみだいじょうふじわらただひろ》を出し、

「もはや脇差では物足りまい。とはいえその歳から大小を身に付ける習慣も、いささか体の成長に悪かろう」

空也に忠広を差し出した。佐々木玲圓が遺した一剣だ。

磐音は昨日と同じく五条国永と短刀の康継を腰に手挟んだ。

「おこん、戻りは夕暮れ前になろう」

と言い残した磬音は、尚武館の稽古の音を聞きながら、おこんと睦月に見送られて空也とともに竹屋ノ渡しに向かった。それに小梅と二匹の仔犬も従った。

山谷堀《さんやぼり》待乳山下《まっちやました》から対岸の小梅村三囲稲荷の鳥居前を結ぶ渡しは、待乳ノ渡しとも呼ばれた。ところが三囲稲荷門前にある茶屋の女将が対岸の山谷堀の船宿竹屋の船を、

「竹屋さん、お客さんですよ。船を願いますよ!」

と美しい声で呼んだことが評判になり、いつしか、

「竹屋ノ渡し」

が通り名になっていた。

坂崎一家が土手道を来る光景を見た茶屋の女主のおみさが一家に会釈《えしやく》をすると、土手から川向こうに向かって、

「尚武館の先生方がそちらにお渡りですよぉー」

と評判の美声で呼びかけた。

「ご一家でお出かけとは珍しゅうございますね」

「いえ、私と睦月は留守番です。亭主どのと空也が出かけます」

「昨日も先生と空也様はお二人でお出かけでございましたね」

おみさの言葉におこんは頷き、

「女将さん、近々改めてご挨拶に参ります」

と言い添えたとき、渡し船が船着場に寄せられて磐音と空也が乗り込み、

「留守を頼む」

と磐音が声をかけたところで渡し船が出た。


徳川家基が眠る墓所は、下谷車坂町《したやくるまざかちょう》の通りに入口を持つ屏風坂《びょうぶざか》門から屏風坂を上がった忍ケ岡《しのぶおか》の一角、東叡山寛永寺円頓院《とうえいざんかんえいじえんどんいん》御本坊にあった。

徳川家基の命日は、安永八年二月二十四日だ。

磐音は四年前に一度空也を伴ったことがあった。

庫裏《くり》に挨拶し、閼伽桶《あかおけ》を借り受け、線香に火を点《つ》けてもらったとき、偶然にも円頓院の住職崇偉《しゅうい》が姿を見せた。佐々木道場の増改築の折り、尚武館道場の扁額を揮毫《きごう》した寛永寺円頓院の天慧座主《てんけいざす》はすでに亡き人になっていた。

「おや、坂崎様、家基様の命日には少しばかり早うございますな」

「いささか事情《わけ》がございまして、家基様に報告に参りました」

磐音の答えを聞いた崇偉が、

「愚僧もご一緒しましょう」

と言うと、庫裏にいた修行僧らに、

「家基様の墓所、掃除が済んでおりましょうな」

と確かめた。

「いつものように丁寧《ていねい》に掃き清めてございます」

納所《なっしょ》坊主が答え、頷いた崇偉が坂崎父子を墓所へと先導することになった。

「愚僧が坂崎様の報告とやらを当ててみましょうかな」

「崇偉様は占いもなされますか」

「坊主が占いではおかしゅうございましょう。まあ坊主の勘です。尚武館が神保小路にお戻りになる、どうですな」

崇偉が磐音の顔を見た。

「崇偉様はそれがしの顔色をお読みですか」

ふっふっふふ、と笑った崇偉が思いがけないことを言い出した。

「坂崎様は、上様が家基様の墓参にお越しになるのをご承知ですかな」

磐音は不意を衝《つ》かれた想いで立ち竦《すく》んだ。そのような話は殿中では一切出なかった。

「家斉様が家基様の墓参に参られますか」

「ご自身がお見えになれないときは、家来衆に代わりを命じられます」

「存じませんでした」

「一年前でしたかな、上様から、命日に必ず参る人物はおるかとのご下問がございました。その折り、坂崎磐音様のお名をお教えしたことがございます。上様は『坂崎磐音がのう、家基様は幸せ者じゃ』と呟くように仰せられたことを、愚僧、頭に刻み付けております」

「昨日、城中にて倅の空也ともどもお目通りした折り、神保小路に戻るようご下命がございました」

と崇偉に告げた磐音は、

「家斉様がさように家基様を慕っておいでとは存じませんでした。尚武館の再興は、家基様のお力かと存じます」

と言い添えた。

磐音は、崇偉の読経《どきょう》を聞きながら瞑目して合掌し、尚武館が神保小路に戻ることを報告して、今後とも徳川一門のために微力を尽くすと誓った。

この日、忍ヶ岡での墓参りは家基だけではなかった。

崇偉に別れを告げて円頓院から西に向かう寺領の道で磐音は、空也に告げた。

「空也、これから詣《もう》でる墓所はだれにも話してはならぬ」

「母上にも睦月にも話してはなりませぬか」

「何人《なんぴと》たりともならぬ」

磐音の返答は短くも明快だった。

空也が足を止めて磐音の顔を正視した。

磐音も空也を見返した。

「父上、昨日上様とお会いしたことと関わりがございますか」

「ある」

と答えた磐音が言葉を継いだ。

「本日、家基様の墓所に詣でたことと、さらには尚武館道場が神保小路に戻ることになったこととも大いに関わる。そして、そなたが昨日上様にこの坂崎磐音の後継となると答えたことにも関わりがある。この父も養父佐々木玲圓が自裁される十数日前に連れられて、これから参る墓所を初めて訪れた。いわば尚武館道場を継ぐべき人間のみが、寒松院《かんしょういん》の佐々木家の隠し墓を知ることになる。そして、隠し墓を独り詣でて、佐々木家に課せられた使命への覚悟を新たにし、秘密を護《まも》り抜くことになる」

空也は、はっとして気付かされた。

父が月に一度必ず独りで出かける日があることを思い出したのだ。坂崎磐音はただの剣術家ではない。さらに大きな重荷を負う宿命の剣術家なのだ。

昨日、殿中で家斉が越前康継の茎《なかご》を見た折りの驚きの顔を空也は思い出した。佐々木家には徳川一族に関わる秘命が授けられている。そのことを父が腰に手挟む越前康継によって示されたのだ。

(己にできようか)

と空也は自問した。

父の顔を見詰めた空也が、

「父上の重荷、この空也にも分け与えてください。佐々木家の運命《さだめ》に殉じます」

磐音がゆっくりと頷き、

「空也、そなたには幼くして生き方を定めてもらうこととなった。すまぬと父は思うておる」

「父上のお考えになる後継になれるかどうか、自信はございませぬ」

「父はそなたが十四であることをしばしば忘れて稽古をつけてきた。よう精進しておる」

「はい」

空也が返事をして父と子は再び歩き出した。

春の陽射しの中、寒松院には、鬱蒼《うっそう》とした森のどこからか梅の香りが漂ってきた。

父と子は羽織を脱いで、武門の家系を象徴する家紋の違《ちが》イ剣《けん》が刻まれた佐々木家の隠し墓を掃除した。

「父上、佐々木家の墓は愛宕権現《あたごごんげん》裏にある寺ではなかったのですか」

「おこんも睦月も承知の天徳寺《てんとくじ》の佐々木家の墓には桔梗紋《ききょうもん》が刻まれてある。だが、こちらの墓には違イ剣の家紋だけで、俗名も戒名も刻まれておらぬ。いわば佐々木家の隠し墓じゃ。ゆえにそれがしが身罷ったとき、空也、そなたが亡骸《なきがら》を寒松院に運び込むことになる。できるか」

「父上が亡くなられるのですか」

「人はすべて死ぬ。いつかは別れの刻が来る」

「はい」

「それがしが剣術家として野辺に斃《たお》れ伏したとき、寒松院の住持無心《むしん》様に伝えよ。さすればそれなりの供養をしてくだされよう」

「はい」

苔《こけ》むした自然石の墓の掃除を終え、線香を手向《たむ》けた磐音は、空也にさらに言い添えた。

「昨日、家斉様は神保小路の尚武館道場と申された。また道場主は有難くも坂崎磐音とお許しくだされた。いずれそなたが父の後継となり、尚武館道場を継ぐことになる」

空也が沈思した。

「父上、尚武館を継ぐ実感がわきませぬ」

「そなたには時がある。十分に考えて、まずは養父佐々木玲圓の孫として恥ずかしゅうない剣の修行に励め。今はそれだけでよい」

と磐音が言い、

「どうじゃ、先祖の霊に直心影流根本の形、法定《ほうじょう》をご披露《ひろう》せぬか。そなたには未だ教えておらぬ。ゆえに父に倣え」

はい、と答えた空也の声が珍しく緊張していた。

「ふだんは木刀での形稽古が法定じゃが、本日は真剣で行う」

と言った磐音が、

「空也、直心影流法定四本之形《しほんのかた》は、門外不出の奥義であり、儀式でもある。よいか、八相《はっそう》、一刀両断、右転左転、長短一味《ちょうたんいちみ》からなる。父の動きを真似《まね》よ」

と命じた。

空也の顔が紅潮し、頷いた。

磐音は五条国永を、空也は磐音が貸し与えた藤原忠広を左手に提《さ》げ、違イ剣が刻まれた墓石に向き合った。

直心影流では、刀、木刀、竹刀は左手で携行する。他流のように刀を利《き》き腕の右手に持ち、万が一の場合は右手から左手に持ち替えることはしない。

「八相は、発破《はっぱ》とも称する。発して破るゆえ発破と称する。八相より相手の頭上に打ち込み、八寸のひらき勝有。よいか、空也、とくと見よ」

磐音の五条国永が八相から眼前の大気に向かって鋭く振り下ろされた。それを見た空也が、父であり師でもある磐音の動きを真似た。

忍ヶ岡の森に囲まれた寒松院の墓所に、邪気を払うような父子の法定四本之形稽古がゆるゆると続いた。

磐音と空也は、神田川の船宿川清《かわせい》から小吉《こきち》船頭の舟を雇って大川へと出た。

空也にとって初めて尽くしの一日であった。

円頓院の家基の墓所は承知していた。

だが、徳川家に所縁《ゆかり》の深い忍ヶ岡の一角、寒松院に佐々木家の隠し墓があることも、そして磐音から告げられた数々の秘密も、隠し墓の前で初めて伝授された直心影流法定四本之形も、さらには下谷茅町《かやちょう》の料理茶屋谷戸《やと》の淵《ふち》で昼餉《ひるげ》を馳走《ちそう》になったことも、すべて初めてであった。

「父上」

空也が囁《ささや》いた。

船頭の小吉に聞こえぬようにだ。だが、風は下流から吹いていて、小吉はゆったりと櫓の音を響かせていた。

父子の声は流れの上流へと消えてゆく。

「なんだな」

「昼餉を食した谷戸の淵のことも母上には内緒でございますか」

「ああ、あのことか。養父上も養母上には秘密にしておられたな。だが空也が言いたければ母上に話すがよい」

「神保小路の爺上様も婆上様に内緒にしておられましたか」

磐音の返答にしばし考えた空也が、

「爺上様も父上も内緒のことならば、空也もそうします」

とお茅《かや》と忍《しのぶ》親子に給仕された昼餉を内緒にすると言った。

二

夕餉の刻限より少し前に小田平助、弥助、田丸輝信、神原辰之助ら住み込み門弟が母屋に集まってきた。

新たなる尚武館の普請がどのような進捗具合かを聞くためだ。

外着から普段着に着替えた磐音と空也が、昨日と同じように座敷で対面した。

なぜかこの日は武左衛門に、田丸輝信と所帯を持った早苗、それに浅草寺《せんそうじ》門前の最上紅前田屋《もがみべにまえだや》を任されている秋世《あきよ》もいた。前田屋の女主の奈緒《なお》とその一家は、天明八年（一七八八）の関前帰郷のあと、いったん江戸に戻り、翌年夏に再び関前に向かった。関前の地で最上紅を栽培し、藩の新たな物産とするために引っ越していたのだ。

昨日、桂川甫周国瑞の診察を受けて、五臓六腑の疲労を指摘された武左衛門は、調合された薬を飲んで、

「もう治った。さすがに御典医の腕は大したものじゃな。二、三日もすれば薬の代わりに酒が飲めよう」

と皆の前で広言して、婿である輝信からも、

「舅どの、早苗の顔をご覧なされ。当分酒はだめです」

と釘《くぎ》を刺された。

早苗と秋世の姉妹は皆の前なので父の行状にはなにも触れず、どこか諦《あきら》め顔だった。

ともかく診察を受けたことで安心したか、武左衛門は元気を取り戻したように見受けられた。その武左衛門が、

「どうであった、神保小路の普請は」

とまず磐音に問うた。

尚武館が川向こうの神保小路に戻ることは、小梅村の陸奥《むつ》磐城平《いわきたいら》藩安藤《あんどう》家下屋敷の長屋に住む武左衛門一家にとっても関心事であった。

そこへ頃合いを見計らっていたかのように、品川柳次郎《しながわりゅうじろう》と幾代《いくよ》の親子が姿を見せた。

「柳次郎、よいところに来た。われらが盟友坂崎磐音は、われら貧乏人をこちらに残し、己だけ御城のそばに帰る気でな、ただ今から言い訳をなすところだ」

武左衛門の傍若無人の言葉を無視した柳次郎が、

「坂崎さん、長年の悲願成就、真に祝着至極にございます。武左衛門の旦那が昼間知らせてくれたので、かように母ともどもお祝いに参上しました」

柳次郎の言葉を聞いた武左衛門が、

「なにを白々しいことをぬかしおるか。尚武館の一家が川向こうに去るのだぞ」

「父上、長屋に戻られますか」

早苗が険しい口調で父親の武左衛門の口を封じるのへ、

「かような父親から早苗さんや秋世さんのような娘御が育つとは、どういうことでしょうね」

と幾代がじろりと武左衛門を睨《にら》むと、磐音に視線を移し、

「上様のお許しを得ての尚武館再興、なんともおめでとうございます」

と祝意を述べた。

「幾代様、品川さん、長い間ご心配をおかけしました。昨日、上様よりお言葉を賜り、本日神保小路の普請場の様子を短い時間ではございましたが見せてもらいました。隣屋敷の旧松宮家まで併せての普請となればやはり大掛かり、尚武館の敷地は広うございました」

「千坪余と聞きましたが、幕臣となれば千石並みの屋敷、大変なものです」

柳次郎がしきりに感心した。

武左衛門がなにか言いかけたのを、早苗が膝《ひざ》を押さえて黙らせた。

磐音と空也が神保小路を訪れたとき、普請中の旧佐々木家も旧松宮家の門も閉じられていた。そこで旧佐々木家の通用口を入ると、ちょうど武家方数人が絵図面を見ながら実際の進捗状況を大工の棟梁《とうりょう》に確かめていた。

なんと棟梁は、佐々木家出入りの銀五郎《ぎんごろう》ではないか。

磐音は訝しく思った。

そのとき、坂崎父子を見た武家の一人が、

「尚武館道場主坂崎磐音様にございますな。それがし、普請奉行の音峰《おとみね》余三郎《よさぶろう》にござる」

と声をかけてきた。

「いかにも坂崎磐音にございます。こたびは造作をおかけ申す」

「御側御用取次の速水左近様が上様の意を受けて熱心に指示されますのでな、早い仕上がりにございますぞ」

音峰が意味ありげな顔で言った。

銀五郎は畏まったまま黙っていた。幕府の普請奉行との仕事など初めてのことであろう。磐音が銀五郎に会釈して、

「宜しゅう頼みます」

と声をかけると、銀五郎が黙礼を返した。

かつて銀五郎の手によって増改築がなされた旧尚武館佐々木道場は、今では跡《あと》形《かた》もなかった。

代わりに田沼意次、意知父子の命を受けた日向鵬齊《ひゅうがほうさい》が旧尚武館の道場を壊し、その跡に屋敷を建てて住んでいた時期があった。それもまた過去のことだ。だが、その日向屋敷はこぎれいに残っていた。

「坂崎様、隣屋敷の松宮邸は、普請して長い歳月が過ぎておりましてな、結構建物が傷《いた》んでおりました。また敷地もこちらより百五十坪ほど広うござる。そこで速水様の命で、新たなる尚武館道場は松宮邸を壊し、そこへ新築することになり

ました。どうぞこちらへ」

旧佐々木家の東側に回ると、磐音にとって記憶のある松宮邸の築地塀《ついじべい》が壊されて広くなっており、いきなり庭が広がって見えた。

天明三年（一七八三）、磐音の父正睦《まさよし》が関前藩江戸家老鑓兼参右衛門《やりがねさんえもん》とその一派に勾引《かどわか》され、日向邸に監禁される騒ぎが起きた。正睦を救い出すために磐音らは、松宮家の西側にあった蔵を借り受け、日向邸を見張り、無事正睦を奪還した。その蔵も今はなくなっていた。

樹木が茂った泉水のある石庭を抜けると、なんと尚武館を想起させる建物がすでに建っていた。外観は出来上がり、ただ今は内部の仕上げをしているとか。

「父上、これが新しい道場にございますか。大きいですね」

空也にとっての道場は、小梅村の百姓家を改築した建物だった。ゆえに父子の眼前にある道場は立派すぎた。

新しい尚武館の建物は破風《はふ》造りの堂々としたもので、旧尚武館とほぼ同じ向き、南に向かって建てられていた。

磐音も無言で建物を見た。旧尚武館に比べても一回り、いや、それ以上に大きく堂々としていた。

不意に玄関前に速水左近が姿を見せた。

「おお、見えられたか。尚武館の主どのが気に入るとよいがのう」

速水左近が案じ顔で磐音を見た。

「速水様、なんとお礼を申してよいやら」

「磐音どの、それがしが奉公に戻ったのは、尚武館再興のためになると思うたからじゃ。この建物はわが夢でもある」

「返す言葉もございません」

「扁額が戻される玄関はどうじゃな」

「旧尚武館とは比べようもなき普請にございます」

「上様は田沼意次様に取り潰された尚武館を気にかけておられた。むろん家基様への敬愛の気持ちもある。直心影流尚武館道場は幕府の御道場である。相応《ふさわ》しい普請をなせと命じられてな」

「速水様、それがしに内緒でかような企てをなされたのは、いつのことでございますな」

「およそ一年半も前のことか。だが、それはもうよい。中を見てもらいたい。注文があれば、ただ今なら間に合う」

と速水が言った。

「棟梁は旧尚武館の増改築普請を手掛けた銀五郎どの、こちらの気持ちはとくと承知しておられます。それがしの意に反する普請をなすはずもございますまい」

磐音と空也は、速水に連れられて尚武館の外観を一回り見た。

旧尚武館と異なるところは外廊下がないことか。

「道場の西側に門弟衆の着替え場が道場と渡り廊下で結ばれておる。見てみよ、厠《かわや》も何か所もある。それに稽古の汗を流す井戸もあり、北側には松宮家の小屋を残してあるゆえ、武具などを仕舞えよう」

なんとも贅沢《ぜいたく》な造りだった。

「道場内を見てみよ」

速水左近は式台のある表玄関より坂崎父子を道場に上げた。

磐音と空也が外から想像した以上に道場の中は広かった。

昔の尚武館は二百八十畳余であったが、新尚武館の床面はおそらく四百畳はあろうかと思われた。

「父上、広すぎて道場の中で堅木打ちの稽古ができます」

「堅木打ちの稽古は小梅村にてなせ」

広々とした道場の天井は高く、壁の羽目板もしっかりとした厚板であった。

磐音は足先で道場の床を踏んでみた。足裏に適度な弾力があって、しかも頑丈な造りが窺《うかが》えた。

速水左近が北側の見所《けんぞ》に磐音を案内した。

道場の床より一尺ほど高い見所は、奥行一間半幅六間ほどもあった。そして磐音が注目したのは見所の真ん中、一間半がさらに高くなっていた。

上段の間が設けてあるということは、尚武館に家斉が稽古見物に来ることを想定しての普請であり、明確に幕府道場を意味していた。

「なんと」

さすがに磐音も言葉が見つからなかった。

「養父佐々木玲圓に見せとうございました」

「磐音どの、それがしは佐々木玲圓どの存命ならば、どのような尚武館を建てられようかと考えてこの普請を熟慮した。この尚武館が完成すれば、この世での速水左近の務めはほぼ終わりじゃ」

「速水様、死をうんぬんするのは未だ早うございます」

磐音は、松平定信が推し進める改革が決して順調に進んでいない最中に、かよ

うな幕府道場といえる、

「直心影流尚武館道場」

の建設が、老中首座の眼にどう映るか、そのことを考えていた。

「老中首座の松平様はご存じでございましょうか」

「むろん承知じゃ。上様が神保小路の普請を定信様に告げられた場にそれがしもおったが、定信様は感情一つ面に表すことなく、『師匠の坂崎磐音の喜びが見えるようです』と答えられた。上様が『坂崎磐音は未だこのことを知らず』と応じられると、定信様の顔に初めて驚きが見え、それがしを睨まれた」

速水左近から告げられた話を聞いた磐音は、家斉と定信の間柄が改革を巡ってうまくいっていないことを示しているように思えた。

「速水様、この一件で老中首座を敵に回されましたか」

広い道場の見所の前での会話は二人にしか聞こえない。

「磐音どの、思い出しなされ。老中首座どのはそなたの弟子でござったな。家基様に殉じられた佐々木玲圓とそれがしは剣友。尚武館の再興が終われば、それがしにもはや野心はござらぬ。老中首座どのに、この老いぼれをどうこうしようというお気持ちもなかろう」

速水左近が言い切った。

空也は道場の真ん中から、見所で話す父と速水左近を見ていた。

なんの話か見当もつかなかったが、空也が父の跡を継いだとき、上段の間のある道場、幕府道場の主になるということだ、と身を引き締めた。

幕臣になるよりも重い荷を負うことになった。ということは、剣術家の道を閉ざされることか、そのことに気付いた空也は愕然《がくぜん》とした。

磐音と空也が神保小路の普請場にいたのは、一刻（二時間）ほどであった。

日向鵬齊が一時期住んでいた屋敷はすでに荒れ果ててはいたものの、銀五郎の手できれいに手直しがなされていた。部屋数も小梅村の御寮の倍はあった。道場裏に接していた佐々木家の母屋と離れ屋は、離れ屋と蔵が残されているだけだった。

速水左近や普請奉行の音峰に挨拶し、銀五郎に、

「われらの住まいは棟梁の裁量に任せます」

と願っただけで神保小路を後にした。

磐音は差し障りのないところをこの場の一同に告げた。

「婿どの、見所に上段の間があるとはどういうことだね」

金兵衛がまず疑問を呈した。

「金兵衛さん、そりゃ決まっておろうが。坂崎磐音の盟友のわれらが稽古見物に行った折りに座る場だ」

武左衛門があっさりと言った。

「しゅ、舅どの」

と慌《あわ》てた田丸輝信が武左衛門を制した。

「どうした、輝信」

「さような真似をすると首を打ち落とされます」

「なぜだ」

「幕閣の偉い方が見物に見えられたときの御席です」

「ふ、ふーん、小梅村から神保小路に移るだけでさような道場が出来上がるのか。どういう手妻《てづま》を使えばそうなるな。だれぞ教えてくれ」

武左衛門が見回した。だが、だれもなにも答えない。いや、答えようがなかった。

「おい、坂崎磐音、そなたは承知であろうな」

「ございません。ただ小梅村にて尚武館が雌伏の日々を過ごしたのも運命《さだめ》なら、神保小路に戻って新しい修行の場を拝領したのもまた宿命でござろう。それがし、尚武館道場の主として運命に逆らうことなく、己の力を出し切るのみです」

「また坂崎磐音が分からぬことを言い出しおって。そなた、昨日は上様にお目通りし、本日は神保小路に千坪屋敷を頂戴したというか。それもそなたがまったく知らぬうちにとな」

「武左衛門の旦那、運命の大小は人の器に合わせて決まると思わぬか。それがしの家など生涯内職をしつつ、慎ましやかな暮らしを立てる。ゆえに尚武館道場の主どののように途轍《とてつ》もない嵐に巻き込まれることもない。そなたとて同じことだ」

「ふーん、こんどは柳次郎が悟ったようなことをぬかしおった。われら三人、日当いくらで今津屋の用心棒に雇われた間柄だぞ。それがどうだ、この差は」

「父上、それが世の中でございます」

　次女の秋世がはっきりと言った。

「なんとも不都合じゃ。おお、そうじゃ、坂崎磐音先生、この小梅村の道場はどうする気だ」

武左衛門の関心は早くも別のところに移っていた。

「未だ考えが定まっておりませぬ」

「わしの考えを述べてよいか」

武左衛門が口出しし、

「父上はこの場に一番関わりのないお方です。皆様が呆れ果てておられます。お黙りになるか長屋にお戻りください」

と早苗が険しい顔で言った。

「娘の言《げん》やよし」

と幾代が言い、

「早苗さん、そなたの父上に付ける薬は御典医の桂川先生とてお持ちではございますまい。されどこの道場の主どのと武左衛門どのとうちの倅の間柄は、格別であることもまたたしか。父御の考えを聞くのも一興かと思いますが、いかがですか、坂崎様」

「幾代様の仰るとおりです。われら、三人三様の道を辿《たど》っておりますが、本《もと》はと言えば両替商今津屋の用心棒であったのはたしかです」

磐音が言い、武左衛門の顔を見て、どうぞという表情を見せた。

「さすがに総大将は物分かりがいい」

「父上に先生の十分の一でも道理が分かるとよいのですが」

早苗がぼそりと呟いた。

だが、武左衛門は平然としたものだ。

「吉原の花魁《おいらん》はな、どのような売れっ子も一生籠《かご》の鳥だ。だが、病にかかった折りは川向こうの橋場《はしば》やこの小梅村辺りの御寮で静養をして、また吉原に戻る」

「おや、吉原の話かえ」

金兵衛が呟いた。

「そこだ、どてらの金兵衛さんよ。神保小路で剣術修行に迷うた者がおるとき、この小梅村に来て気持ちを切り替え、剣術修行に改めて挑む。そのような場に小梅村の道場は使えぬか」

「吉原の花魁と剣術遣《やっとう》いは、一緒か」

金兵衛が呆れ顔をした。

「金兵衛さん、先がある」

「えっ、未だ先があるのか」

「小梅村に道場を残すということは、坂崎磐音の体が二つほど要《い》ることになる。

だが、

「まさか、それはできまい」

と早苗が叫んだ。

「早苗、わしが丹石《たんせき》流の腕前で坂崎磐音の代稽古をするとでも思うたか。わしもそれほど愚かではないぞ。代稽古の師範のことは別にして、小梅村近辺の下屋敷の家臣らが神保小路まで毎朝通うていけると思うてか、磐音先生」

「そのことです、思案がつかぬのは」

「ゆえにな、うちの婿をこちらに残して、そなたの師範代とすればよいではないか。時に余裕のある者は神保小路に通うてもよい。どうじゃな、磐音先生」

「父上」

と早苗が叫んだ。

磐音が田丸輝信を見た。

「まさかそれがしの名が、かような場で出ようとは」

「いえ、悪い考えではありませんよ」

ちょうど姿を見せたおこんが言った。

「なぜかな、おこん」

「最前、早苗さんに聞きました。早苗さんのお腹にはややこが宿っておられるそうな。となれば、お産が済むまで、あるいはお子が大きくなるまで育てるには、この小梅村以上の場所はございますまい」

おこんの言葉を聞いても、武左衛門も輝信も秋世も黙っていた。

「真か、早苗」

ようやく輝信が早苗に確かめた。

「はい」

「早苗、ようやった」

と労った輝信が、

わあっ！

と叫んだ。

どうやら今宵《こよい》の夕餉も祝いの場になりそうな雰囲気になった。

「先生、輝信さんがこちらに残られるかどうかは別にして、いつを目処《めど》に神保小路への引っ越しをなせばようございますか」

神原辰之助が訊いた。

「仕上げにあとひと月ほどかかるそうです」

「となると二月の中旬過ぎには引っ越しができますね」

辰之助の念押しに磐音が頷いた。

三

「秋世さん、関前の奈緒様から文は届きますか」

おこんが秋世に質したのは、今宵の宴も終わり、住み込み門弟らが長屋に引き上げ、武左衛門と輝信一家も坂崎家を去ったあとのことだ。

秋世はおこんに勧められて今宵小梅村に泊まることになっていた。

「このところお忙しいのか、なかなか文がございません。ですが、奈緒様も亀之《きの》助《すけ》さん方お子たちも関前の土地が気に入られたようです」

と秋世が磐音とおこんに答えた。

山形を発《た》ち江戸に戻った奈緒は、天明六年（一七八六）八月、浅草寺門前に「最上紅前田屋」の看板を掲げて店開きした。

「紅一匁《もんめ》金一匁」

と称される最上紅を使った奈緒の造る紅板《べにいた》や紅猪口《べにちょく》は、江戸で、とりわけ粋と張りの吉原で大評判となり、高値にも拘《かかわ》らず飛ぶように売れた。

だが、田沼時代の賂《まいない》政治が終わり、松平定信の改革が始まると、奢侈《しゃし》品の一つに紅製品も上げられ、ぱたりと売れ行きが止まった。

磐音はそんな最上紅前田屋の不振を助けるために吉原会所の四郎兵衛《しろべえ》に相談すると、吉原の引手茶屋で紅猪口と紅板を売ることになった。だが、吉原そのものが定信の節約の触れの影響を受けて、客足が遠のいていた。

折りしも豊後関前藩江戸上屋敷の物産所では、奈緒の造る紅に目をつけて関前で紅花栽培ができないかと、奈緒に相談を持ちかけていた。むろん藩物産所を始めたときからの功労者中居《なかい》半蔵《はんぞう》と磐音が話し合ってのことだ。

そこで奈緒一家は藩主福坂実高《ふくさかさねたか》の許しを得、墓参りの名目で故郷関前に戻ったのだ。

明和《めいわ》九年(一七七二)の藩騒動の煽《あお》りを受けて、磐音の盟友であった小林琴平《こばやしきんぺい》と河出《かわで》慎之輔《しんのすけ》が命を落とし、磐音の許婚《いいなずけ》であった小林奈緒は関前を出ざるを得なくなった。病に倒れた父を助けるために遊里に身を落としたのだ。そして、磐音もまた関前藩を抜けて浪々の身となった。

だが、歳月は巡り、ただ今、奈緒一家は関前領須崎川《すさきがわ》の上流、花咲山《はなさきやま》の麓《ふもと》にある花咲の郷《さと》に紅花畑を作り、百姓家を借り受けて一家を構えていた。

三年半前のことだ。

松平定信の改革が厳しさを増し、度重なる奢侈禁止令に、折角《せっかく》店開きをした最上紅前田屋を店仕舞いするところまで追い込まれていた。

磐音は、関前藩江戸屋敷の留守居役中居半蔵と相談し、関前領内での紅花栽培を本格化させることにした。

磐音と半蔵は、松平定信の改革が急ぎすぎており、改革の途次で破綻をきたすのではないかとの考えで一致していた。

ならばこの間を利用し、関前藩の物産として本格的に紅花栽培をなし、紅餅《べにもち》を造って京や江戸で売ることを考えたのだ。

むろん藩主福坂実高の許しを得て、奈緒に相談すると、

「私にできることなら手伝わせてください」

との答えが返ってきた。

難題は、浅草寺門前の最上紅前田屋を店仕舞いするかどうかだった。

奈緒は、

「やはり女手一つの商いは無理だったのでしょうか」

と店仕舞いを覚悟した口ぶりだったが、磐音は、

「奈緒、店仕舞いはいつでもできる。厳しいご時世だが、細々とでも暖簾《のれん》を護って歳月を重ねていけば、関前紅が完成を見た折りの大事な売り出しの店にもなろう。秋世どのも折角紅商いに慣れたのだ。どうじゃな、奈緒が関前紅の栽培に力を入れ、こちらは秋世どのをおこんらが手伝い、商いの分からぬところは関前藩の藩物産所や今津屋の老分番頭どのに尋ねながら続けてみては」

と意見した。

そんなことがあって奈緒一家は江戸を離れ、豊後関前に戻っていた。

だが、須崎川上流は土壌も気候も紅花造りに悪くはなかったが、やはり最上紅のようにはいかなかった。

これまでに二度、寒さの残る二月下旬に種を播《ま》き、半夏生《はんげしょう》の頃に数輪の花をつけたが、遅れて開花した紅花は、薄い上に冴えの感じられない橙黄色《とうこういろ》であった。

とても花摘みを行えるような紅花ではなかった。

二年目、奈緒の必死の土壌改良で紅花色の花は咲いたが、赤い色素は絞り出せる

三年目、奈緒も必死だったし、関前藩も奈緒の頑張りを応援して、

「最後の勝負」

の覚悟で種播きの季節を迎えていた。

磐音は、奈緒の努力が報われることを祈っていたし、関前藩の国家老坂崎正睦も紅花の栽培成功に期待をかけ、

「前田屋の奈緒を女子と思うな。紅花栽培と紅花造りの師匠と思え。もし女子ゆえ奈緒を蔑《さげす》んで手を抜くようならば、わしが許さぬ」

と家臣一同を叱咤《しった》していることを承知していた。

磐音の脳裏に奈緒の険しい顔が浮かんだ。

「紅花栽培の手伝いを亀之助様、鶴次郎《つるじろう》様、お紅《こう》様がなさっているのが、奈緒様の励みにございましょう」

秋世がおこんに言った。

「三年目の正念場じゃが、江戸におるわれらにはなんの手伝いもできぬ。明日にも関前藩の江戸屋敷に参り、中居様に会《お》うてみようと思う」

「おまえ様、そう願えますか」

とおこんが答え、

「秋世さん、お店の売り上げはどうですか」

「不思議なことに今年に入り、いくらかずつですが売り上げが伸びて参りました。むろん開店した当初の勢いはございませんが」

「ほう、面白い」

との磐音の言葉に、おこんが、

「嬉《うれ》しい知らせではございませんか。関前の奈緒様にお知らせすれば、きっと喜ばれますよ」

と素直に喜んだ。

だが磐音は、それなりに値の高い紅猪口の売り上げが上がってきたというのは、松平定信の改革に江戸の多くの武家方、町人たちが異を唱えてのことではないかと考えた。となると、再び政変が起こることも考えられた。

「先生、義兄《あに》の輝信さんが小梅村に残って道場を続けるという父の考え、どう思われますか」

「失礼ながら武左衛門どのでなければ言えぬ考えであった。あとは田丸輝信どのの決断次第じゃな」

「私が義兄に質しましたところ、早苗のこともある、先生がお許しになればそうさせていただくと言っておりました」

「ならば小梅村の道場も、師範代田丸輝信どののもと、続けて参ろうか」

磐音は、だれかもう一人、輝信を後見する者がいるとよいのだがと考えていた。だが、弥助、平助、季助の三助《さんすけ》年寄りは神保小路に欠かせぬ陣容だった。

ともあれ長い一日がようやく終わった。

「明日、駿河台《するがだい》に行かれるのですね」

「そのつもりじゃが」

「神保小路の離れ屋は残っていると言われましたね」

「離れ屋の中まで確かめたわけではない。なんぞあるか」

「私どもの暮らしはあの離れ屋から始まりました。銀五郎親方が植えてくださった白桐《しろぎり》の木や祝言《しゅうげん》の日に咲いていた桜がどうなっているかと思ったものですから」

「白桐の木な」

磐音は、かつて銀五郎が祝言の祝いに植えてくれた白桐の木が、桜の木のかたわらから消えてしまったことを思い出していた。鑓兼参右衛門によって囚《とら》われた父正睦を日向邸から救い出そうとした折りだ。だが磐音は、その事実をおこんに告げられずにいた。

「道場のほうにばかり気をとられて、われらの住まいまでとくと見ずじまいであった。どうじゃ、おこん、明日、それがしに同道して神保小路の普請場を見てみぬか。女子のそなたの目から普請を見れば、足りぬものに気づけるやもしれぬ」

「えっ、私がですか」

「それがよい。それがし、三日続けての外出となるが、かような仕儀ゆえ致し方あるまい」

と磐音も自らを得心させた。

翌日、朝稽古の指導を終えた磐音は、おこんと神原辰之助を伴い、弥助が漕《こ》ぐ猪牙舟で小梅村を離れた。辰之助を伴ったのは、前々から中居半蔵に願っていた一件があってのことだ。

一方、尚武館坂崎道場では空也ら若手連中が昼稽古を始めた。

二年前に入門した笠間《かさま》安三郎《やすさぶろう》は十九歳と年長だが、須崎村《すさきむら》に住まいする浪人の三男坊で剣術の稽古を始めたのが遅かったために、技量は一番未熟だった。だが、そのことを気にするふうもなく、剣術稽古を楽しんでいた。なにより人柄がよかった。

尚武館道場が神保小路に移ったあとも、師範代の田丸輝信をまとめ役として小梅村に道場が残ると知って、一番喜んでいるのは笠間安三郎だった。

「皆がいなくなるのは寂しいけど、川向こうまでは通えないからな。おれは田丸師範代の道場で稽古を続けるよ。空也さん、時にこっちにおいでよ」

「笠間さん、それもいいけど神保小路にも顔を出してくださいよ。御城近くの武家屋敷の中だけど、きっと気分が変わると思いますよ」

「空也さん、正直川向こうのことはよく知らないんだ。なんとなく怖くてな」

「大丈夫ですよ。一度来ればすぐに慣れます」

「そうか、だったらあっちにも稽古に行ってみるか」

稽古の合間に空也と安三郎が立ち話をしていると、道場の庭に初老の侍が姿を見せ、稽古を眺める様子があった。

長旅を思わせる深い皺《しわ》が慈顔にいくつも刻まれていた。筒袖《つつそで》の道中羽織も袴も裾《すそ》が綻《ほころ》び、最初の色や模様が分からぬほどに褪《あ》せていた。

諸国を行脚《あんぎや》する武芸者であろうか。それにしては表情が穏やかで、笑みを湛《たた》えて稽古を眺める様子には懐かしささえ感じられた。歳は六十を越えているように思えた。

「どなた様ですか」

空也が声をかけた。

「おお、稽古の邪魔をしたか。すまぬことであった」

笑みの顔で空也の言葉に応じた相手が、

「こちらは昔神保小路にあった直心影流尚武館道場にござるな」

と念を押した。

「はい。事情《わけ》あって神保小路からこの小梅村に移り、尚武館坂崎道場として再興されました」

「道場主は佐々木磐音様かな」

「父を承知ですか。父の名は坂崎磐音にございます」

空也は、旅の武芸者の懐かしげな表情は、神保小路の尚武館道場や父を承知ゆえかと思い至った。

「おお、そなた、倅どのか。うむ、顔がお父上と似ておられる。ただしそれがしが知り合うた頃は、佐々木磐音様と申された」

「祖父は佐々木玲圓にございました」

空也の答えに武芸者は大きく頷き、

「佐々木玲圓様は身罷られたと、旅の空、風の便りに聞いた」

と言い添えた。

「おお、それがし、向田源兵衛《むこうだげんべえ》高利《たかとし》と申す。そなたの父御には一方《ひとかた》ならぬ世話になり申した。十数年ぶりに江戸に立ち寄ったついでと申してはなんだが、つい懐かしゅうなって神保小路を訪ねたが、迷ってしもうてな。往来の武家に尋ねると、道場は川向こうの小梅村に移ったと聞かされて、こちらを訪ねて参った」

「さようでしたか、ようお見えになりました。父は他出しておりますが、夕暮れには戻って参ります。お待ちになりませぬか」

空也が道場の縁側へと招いた。

「待たせてもろうてよいのか」

「構いませぬ」

向田源兵衛と名乗った武芸者が縁側に歩み寄り、百姓家を改築して稽古場にした尚武館坂崎道場の内部を繁々と見て、

「これはよい。わしが覚えている神保小路はいささか厳めしかったが、この道場はよいな」

と感嘆した。

向田源兵衛と磐音が別れたのは、安永七年（一七七八）の初夏、江戸外れの穏《おん》田村《でんむら》と上渋谷村《かみしぶやむら》の境を流れる渋谷川に架《か》かる土橋であった。

向田源兵衛は芸州広島藩《げいしゅうひろしま》の下士であった。藩政を二分する騒ぎの原因となった家老石塚八兵衛《いしづかやへえ》に独り立ち向かったのが源兵衛であった。縁あって磐音が助勢することになった。

石塚八兵衛は家老職の世襲を許さずという藩是を破って、嫡男を家老職に就けようとした。向田源兵衛は忠義の刃を振るって嫡男を暗殺、仇を討とうと追ってきた次男とその一党をもその土橋で倒し、芸州広島藩の内紛の因《もと》を見事取り除いた。

別れの折りの磐音の言葉は、

「しばし旅路に身を置かれよ。よいな、尚武館はいつなりともそなたのために門を開いており申す」

というものであった。

向田源兵衛は、旅の空の下で艱難辛苦《かんなんしんく》に見舞われたとき、磐音の言葉を思い出して、

（己には戻るべき場所がある）

と気持ちを落ち着けてきた。

あれ以来、茫々十五年の歳月が流れていた。

風の噂《うわさ》に尚武館佐々木道場は田沼意次の命で潰されたと聞いていた。

（やはり真実であったか）

そんな追憶に浸っていると、縁側の陽だまりで寝ていた仔犬のシロとヤマが埃《ほこり》まみれの武者草鞋《むしゃわらじ》の臭《にお》いをくんくんと嗅《か》いだ。

「おお、そなたらが道場の番犬か。待てよ、神保小路の尚武館道場には白山なる犬が飼われておったはずだがな」

向田はその場にしゃがんで、二匹の仔犬を優しげに撫でた。

「向田様は、白山をご存じでしたか。白山は二年半前に死んでしまいました」

「そうか、死んでしもうたか。長い年月が過ぎたでな、致し方ないか」

空也は急に、旅暮らしをしてきたという向田源兵衛に親しみを覚えた。

「そなた様は廻国修行の武芸者ですか」

十七歳の三ッ木幹次郎が空也のかたわらから訊いた。

「武者修行の剣術家と名乗るほどの者ではござらぬ。往時にな、間宮一刀流《まみやいっとうりゅう》をいささか学んだゆえ、生きるよすがに剣術をただ続けてきただけのことにござるよ」

「向田様、道場にお上がりください。私どもに剣術の指導をお願い申します」

不意にこの言葉が空也の口を衝いて出た。


おこんと辰之助、弥助を伴った磐音は、二日続けて神保小路の普請場に顔を出し、この日は住まいになる旧佐々木道場跡に建てられた日向鵬齊邸を見て回ることにした。

本日は公儀の普請奉行音峰の姿はなく、坂崎一家には馴染《なじ》みの棟梁、銀五郎親方が屋敷内部の最後の仕上げをしていた。

銀五郎の案内で屋敷を見たおこんの感想は、

「小梅村の家は今津屋の別邸ですので、周りの自然と溶け込み、おっとりとした住み心地ですが、神保小路はやはり武家屋敷ですね」

というものだった。

「おこん様、だいぶ手を入れたのですが、やはり武骨ですかね」

「いえ、親方、武家地に住まいするのです。格式ばっていて当然です。小梅村の暮らしが長くなって、神保小路の武家暮らしを忘れていたようです」

屋敷内をひととおり見てまわり、庭に出た磐音の目に立派に成長した白桐の木が飛び込んできた。

「親方、これはどうしたことだ。白桐はもはや日向鵬齊どのの住まいする時代に切り倒されたものと思うておったが」

磐音がぴたぴたと掌でしっかりと育った白桐の幹を叩き、

「まるで手妻《てづま》のように白桐が戻ってきたではないか。銀五郎親方、消えたと思うたはそれがしが幻を見たということであろうか」

磐音は、かつて父正睦を日向邸から救い出すときに見た、白桐が旧尚武館から消えた光景をおこんに語り、銀五郎を見た。

「いえね、大事な白桐が切られてはならじと、わっしの一存で屋敷の裏手に植え替え、こたびまた植え戻したのですよ」

銀五郎は白桐が一時消えていた秘密を明かした。

「白桐のこと、おこんには話せなんだ」

笑みの顔で磐音はおこんを振り返った。

「まさか白桐が別の場所に引っ越して、私たちとの再会の日を待っていたとは夢にも思いませんでした」

　磐音と祝言を挙げた祝いに銀五郎親方が植えてくれた白桐が大きく育ち、桜の木の元気な佇《たたず》まいを見たおこんはすっかり晴れ晴れした顔になっていた。

「空也が大きくなったら、私たちはまた離れ屋に戻るのですね」

「おこん様、だいぶ先のことですよ」

　と弥助が笑った。

　やはり隣屋敷の庭の向こうに新築された尚武館道場は、おこんを、辰之助を、弥助を驚かせた。道場の中に足を踏み入れた三人は三様に、しばし言葉を失《な》くしていた。長い間があって辰之助とおこんが、

「これはこれは」

「小梅村の道場が小さく見えます」

　と口々に言った。

　一方、弥助の視線は見所にある上段の間に釘付けになっていた。

　上段の間があることは磐音から昨夕告げられていた。しかし、自分の眼で見て改めて、新しい尚武館道場の持つ意味が胸に迫ってきた。

「先生、これは」

「弥助どの、どう思われますな」

「おこん様、こりゃ、昔の尚武館道場どころではございませんぞ」

磐音の問いに弥助がおこんに応えていた。

「驚きました。尚武館佐々木道場は幕府の御道場ということでございますか」

辰之助が磐音に質した。

「辰之助どの、そういうことじゃ。尚武館道場と単に申された上様の思《おぼ》し召しを有難く受けるしかあるまい」

「おまえ様の口癖は、こうでございましたね。運命《さだめ》に逆らうことなく従うまでだと。こたびもまた運命に従われましたか」

磐音は、だれにも胸の内を明かさなかった。

田沼意次に潰された尚武館の再興は、ただ今の権力者松平定信の意思ではなく、佐々木家の使命を知った将軍家斉の命でなければならなかった。その違いへのこだわりが今回の尚武館再興に繫がったと考えていた。そして、その道を選んだのは己自身であった。

「それがしの力の続くかぎり、運命に従おう。おこん、いつの日か、空也がそれがしの跡を継いだ折りには神保小路の離れ屋ではのうて、小梅村に戻ろうではないか」

「それがようございます」

おこんがにっこりと微笑《ほほえ》んだ。

四

小梅村の尚武館道場において、向田源兵衛に立ち向かおうとしている門弟は、最年少の空也一人になっていた。

年長の笠間安三郎から順に七人の若手門弟が向田源兵衛と立ち合ったが、向田に難なく躱《かわ》され、最後には自ら腰砕けになって道場の床に転がっていた。

空也は見ていた。

修行歴の短い笠間は別にして、若者組の兄貴分三ッ木幹次郎らは旅の武芸者の疲れた形《なり》と年格好から、つい技量を甘く見たのであろう。

向田源兵衛は若い連中が力任せに攻める一手一手を、

ひょいひょい

と受け流し、時に、

「おお、なかなか思い切った面打ちにござるな。ふむふむ、上体だけが突っ込んでおる。攻めは足腰で踏み込むことですぞ」

とか、

「さようさよう、その調子」

と言いながら、いつしか攻め疲れた門弟衆を腰砕けにしていた。

なんとも訝しい光景だった。

向田源兵衛はまったく力を入れていなかった。また指導するという態度もなければ、相手を倒そうという考えもないように思えた。いや、そう思わせるなにかが向田源兵衛の痩身《そうしん》に漂っていた。

武芸とはなにか、父の磐音が時に口にする、

「剣術は自然体が究極ぞ」

という言葉が思い浮かんだ。十四歳の空也にそれを想起させる向田源兵衛の言動だった。

「おお、とうとう最後になりましたな、空也さんや」

七分ほどの白髪頭《しらがあたま》に小さな髷《まげ》、皺だらけの顔が笑みで綻んでいた。

道場での稽古を心から楽しんでいる表情だった。それでいて、幹次郎らを寄せ

付けない。これはなんであろうか。

「お願い申します」

空也は立ち上がりながら、風のように身軽で自在な向田の動きはどこからくるのかと、尚も首を傾《かし》げた。

父の坂崎磐音の剣術にもない不思議な剣風だった。強いていえば小田平助が醸《かも》し出す雰囲気か。ということは長い放浪の暮らしで身についた技量なのか。

空也はふと、

「独特の間」

に強さの秘密があるのだと思った。

だれしもがいつの間にか向田源兵衛の間合いに入り込んでいるのだ。

(間を外すにはどうすればよいか)

「向田様、道場ではのうて庭でお願いできますか」

「ほう、空也さんは庭での稽古を所望ですか」

「私、長年独り稽古を庭で行ってきました。父からこの道場に入ってよいとの許しを得たのは、二年前の十二を迎えた折りでございました」

「そうか、幼い空也さんは庭で独り稽古を続けてこられたか。向田源兵衛と同じ青空道場ですな。よろしい」

「はい」

と大きな声で返事をした空也が、道場の縁側から庭へ裸足のまま飛び出した。

小田平助による槍折れ稽古は、素足のことが多かったから慣れたものだ。

それを見た向田源兵衛もひょいと庭に飛び下りた。そして、向田源兵衛は踏み固められた庭先を見て、

「ほうほう、尚武館では庭でも稽古をなさるか」

と呟いた。

「道場が広くはございませんので、大勢の折りは道場と庭とで二手に分かれることもございます」

「なかなかよいな」

向田源兵衛は嬉しくて仕方がないという顔で木刀を構えた。

三ッ木幹次郎らが縁側に腰を下ろして二人の庭稽古を見物した。

「お願いいたします」

空也は向田源兵衛に一礼すると、木刀を構えたまますするすると後ずさりして距離をとった。

向田源兵衛は空也の動きを楽しむように笑みを浮かべた。

空也は向田源兵衛の強さの秘密は、人の心を和ませる笑顔と巧みな話術、そして独特の間にあると考えていた。そこで小田平助が教えてくれた堅木の丸柱相手の独り稽古の打ち込みを思い出したのだ。

ともかく動く。動き続けて向田源兵衛の間合いに長くは留まらず、笑顔も見ず、話も聞かず、間断ない動きで攻め続ける策を立てた。

「参ります」

声を発した空也が向田源兵衛に向かって走り出した。

向田は木刀を軽く構えたまま不動の姿勢だ。

空也が地面を這《は》うように間合いを詰めてきて、

「おおおーっ」

と腹の底から絞り出す気合いを発し、向田源兵衛の一間半手前で虚空へと身を躍らせた。

剽悍《ひょうかん》にも向田の頭上に飛躍し、空也は一気に木刀を振り下ろそうとしたが、向田源兵衛は、
ひょい

と独特の動きで避けた。

空也はその動きを察していた。ゆえに木刀を振り下ろしつつも向田源兵衛の背後に足音も立てずにふわりと着地した。

向田源兵衛が空也の動きを読んだように、
そより
と体を回した。

だが、その瞬間、空也の姿は右前方に飛んで、向田源兵衛の間合いの外に出ていた。

その途端、空也の動きが変幻して間を詰めてきた。

一瞬向田の間が訪れたが、空也の体は横に跳ね飛んで、またも間合いを外した。そしてその直後に、これまでと反対の動きをして、向田源兵衛の間合いに自ら入っていった。

だが、律動を変えた空也は向田源兵衛を横手から攻め、木刀を振るった。

向田源兵衛の木刀が、そよりと空也の木刀を弾《はじ》いた瞬間には、空也はすでに向田源兵衛の背後に着地し、二の手を打たせることなく、二間ほど飛んで向田源兵衛の反撃を封じていた。

空也は向田源兵衛の間に留まらないように飛び跳ね、時に木刀を振るい、向田源兵衛がそれを弾く音が長々と繰り返された。

「空也さん、あの者に本気を出させたぞ」

見物の三ッ木らが腕組みして見物した。

使いに出ていた季助が戻ってきて、庭先の奇妙な稽古に眼をやり、

「空也さんが相手しているのはだれじゃ」

と首を捻った。

だが、空也は季助の戻ったことなどお構いなしに、向田源兵衛を自分の間と律動に誘《おび》き寄せようと動きを止めなかった。そして、同じ動きと間を繰り返さぬよう己に命じて飛び跳ね続けた。

向田源兵衛は、空也の動きを楽しんでいた。

長年の放浪暮らしの間に数多の武芸者に出会ったが、空也のように剽悍でいて無限の力を秘めた相手に出会った覚えがなかった。

父の佐々木磐音、いや、坂崎磐音のゆったりとした構えと迅速の剣さばきとは異なる剣技だった。

何年もの歳月をかけて幼い空也が独り稽古で身につけた動きと間であろうと考

えた。

間宮一刀流を学んだ向田源兵衛は、江戸に出て、

「殴られ屋」

を開業した。

古びた竹刀を二本持参し、足元の板きれに、

「客人各位、殴り賃一打十文、何打でも可なり
但し十打試みても当たらぬ場合、五十文申し受け候
殴られ屋向田源兵衛高利」

なる文言を記して商いを始めた。

その折り、佐々木磐音だった坂崎磐音と知り合ったのだ。この殴られ屋開業には忠義にかかわる事情が隠されていたが、磐音の助勢もあって向田は宿願を果たした。

そして再び江戸を離れ、旅暮らしの中で食い扶持《ぶち》に困るたびに殴られ屋を開いて糊口《ここう》を凌《しの》いだ。お蔭《かげ》で幾多の剣術家や腕自慢と立ち合ってきたが、空也のような動きをなす武芸者には会ったことがなかった。

向田源兵衛は空也が十四歳と承知していた。

未だ育ち盛りの少年のしなやかな五体に無尽蔵の力が秘められていることを、その力を得るために孤独な稽古に堪えてきたことを向田は察知していた。

「よし」

と殴られ屋剣法を忘れ、間宮一刀流を使うと決めた。

空也が遠くに離れたとき、向田源兵衛は間宮一刀流の正眼の構えをとった。

そのことを空也も即座に感じ取った。

空也は木刀を片手に提げると、すたすたと間合いを詰め、間合い一間で足を止め、直心影流の正眼に構え直した。

その頃、小梅村の船着場に、辰之助が漕ぐ猪牙舟が磐音とおこんと弥助を乗せて到着した。辰之助が、

「うむ」

と尚武館の庭先から伝わる立ち合いの緊張の気配を感じ取り、訝しげな表情を見せた。立ち合いにしては殺気が感じられなかった。

「先生、道場破りでしょうか」

空也の気合いが船着場まで伝わってきた。真剣な声だが、生死を賭けた勝負の悲壮感は感じられなかった。どことなく楽しんでいる気配も感じられた。

舟を着けた磐音一行が船着場から河岸道《かしみち》に上がった。すると季助が門から庭先を見ていた。その足元には小梅が寝ていた。

「道場破りではないな」

辰之助が洩らした。

「どうしたな、季助どの」

磐音が静かに声をかけた。

「おや、先生、戻られましたか。見覚えのあるお人ですがな、どうも思い出せません。空也さん方が稽古を願うた様子ですよ」

「ほう」

磐音らが門を入ると庭の様子が見えた。

間合い一間で老武芸者と空也が相正眼で構えていた。

「おまえ様、木刀での立ち合いです」

おこんの声が険しかった。

「たしかに、どこかで見たことがあるぞ」

辰之助が洩らした。

磐音は何者か思い出していた。

「止めますか」

「いや、最後まで見物させてもらおう」

「おまえ様、空也は未だ十四です」

「おこん、剣の道を自ら定めた者同士の立ち合いじゃ。十四の未熟者も六十の古《ふる》強者《つわもの》も関わりはない」

磐音が言い切った。

長い対峙《たいじ》になった。

向田源兵衛も空也も仕掛けられずにいた。一歩踏み込んだ先の動きが、互いに読めなかった。

向田源兵衛は生半可な立ち合いで終わらせるべきではないと考えていた。あの尚武館佐々木玲圓の後継たる坂崎磐音の嫡子なのだ。

(持てる力を見せる)

それが坂崎磐音から受けた恩義を返す途《みち》だと思っていた。

空也は、父とも違う武芸者の奥深い剣に機先を制せられて動けずにいた。動いて先に攻めるのが初心者の務めと、父は空也に教えてきた。だがその教えは分かっていても、相手の出方を読むことなく動くことに怖さを感じていた。

勝ち負けは論外だった。

向田源兵衛の剣からなにを学ぶか、そのことだった。

空也の頭に言葉が浮かんだ。

(無念無想こそ剣の極致なれ)

雑念を振り払った空也が最後の力を振り絞って踏み込んだ。

木刀を握る向田源兵衛の右手拳を狙って空也が飛んだ。

空也が勇気を振り絞って踏み込んでくるのを、向田源兵衛はぎりぎりまで待って受けた。

空也の木刀と向田源兵衛の木刀が絡《から》み合い、止まった。

空也の木刀は向田の拳に届かなかった。向田が後《ご》の先《せん》で受けたからだ。

両者は木刀を絡み合わせたまましばし動かず、その姿勢を保ったまま、空也が木刀を引くと、

「向田様、ご指導有難うございました」

と弾む声で礼を述べた。

「ふっふっふ」

と向田源兵衛が笑みを洩らし、

「さすがは坂崎磐音様の後継にございますな」

と磐音を見て言った。

「向田源兵衛どの、よう尚武館に戻ってこられました」

磐音の言葉に、辰之助が、

「ああ、殴られ屋の向田源兵衛様か。ずいぶんお痩せになりましたな」

と驚きの声を洩らし、おこんも、

「あの向田様が江戸に戻って参られましたか」

とようやく得心したような声を上げた。

磐音が二人のそばに歩み寄り、

「空也、向田源兵衛どのの教え、忘れるでない」

と空也に言い聞かせ、向田源兵衛に視線を移し、

「安永七年の夏以来、旅暮らしにございましたか」

磐音が向田の痩身に刻み込まれた歳月の重さを推し量って尋ねた。

「茫々十五年、旅の空の下に暮らしておりました」

安芸国広島藩浅野《あさの》家にとって、向田源兵衛は藩政を救った功労者であった。だが、この事実を知るのは磐音と速水左近しかいなかった。

「ご苦労にございました」

との労いの言葉に対し、向田源兵衛が、

「街道に流れる風聞ゆえ詳しくは存じませぬ。じゃが、尚武館とそなた様にとって老中田沼意次様との戦いは、それがしがそなた様の手助けを受けて勝ちを得た戦いどころではございますまい。神保小路の尚武館から小梅村に移らざるを得なかったことがすべてを物語っておるように思います。空也さんの精進ぶりに、そなた様の十五年を感じ取ることができました」

「お互い苦難の歳月にございましたな。されど、もはやそれも終わり申した」

「終わりましたか」

と向田源兵衛が問い返し、

「終わりました」

と答えた磐音がおこんを振り向き、

「おこん、やはり向田源兵衛どのは尚武館に戻ってこられたであろうが」

「向田様は、江戸に戻られたならばまた柳原土手《やなぎわらどて》で殴られ屋を始められると言われましたよ」

「おこん様、その心積もりでございました」

「いえ、向田様、それはなりませぬ。そなた様は尚武館の剣友、この尚武館がそなた様の家にございます」

「小梅村の尚武館はなんともよいな」

「向田様、来月にも尚武館は神保小路に引き移ります」

「それはめでたい。じゃが、この小梅村も捨てがたいのう」

向田源兵衛が庭から百姓家を改装した尚武館を眺めて呟いた。

その瞬間、磐音は一つの懸案の答えを得た。


この夜も小梅村では、連夜の宴が開かれた。

今宵は、尚武館の剣友であった向田源兵衛が十五年ぶりに江戸に戻ってきた祝いの宴であった。

十五年前の向田源兵衛を直に知る者は磐音、おこんは別にして、季助、弥助、それに神原辰之助くらいしかこの場に残っていない。小田平助も初対面だった。

湯に入り、おこんが用意した衣服に着替えた向田源兵衛は、陽に灼《や》けた顔をわずかな酒で赤くして、

「空也さん、それがしが尚武館に関わりを持った年に、そなたの父上と母上は祝

言を挙げられたのじゃぞ」

と十五年前を思い出させた。

「私は十七の新入り門弟でございまして、武左衛門様が武士を辞め、早苗さんが尚武館に奉公に出られた年ですよ。それに向田様も髭《ひげ》の源兵衛と呼ばれて、だいぶお若うございました」

「辰之助さん、私、そんなこと覚えておりません」

と睦月が言い出した。

「それはそうですよ。空也どのと睦月さんが生まれるのはずっと後のことです。それがしにとっても尚武館にとっても、この十五年は激動の歳月でした」

珍しくしみじみとした口調で辰之助が言い、

「それがし、重富利次郎どののあとを受けて、本日豊後関前藩江戸屋敷の剣術指南役に、磐音先生の推挙で決まりました」

と一同に報告した。

「それはめでたか」

小田平助がすぐに応じた。

「利次郎さんと霧子《きりこ》さんの夫婦が福坂実高様の参勤下番《かばん》で関前におられる間の、

留守番剣術指南役です」

辰之助は謙遜《けんそん》したが、それでも嬉しそうな顔をした。

磐音は、この十五年が磐音、おこんの夫婦のみならず門弟衆全員に大きな変化をもたらした歳月であったと改めて考えていた。

第三章　右近の決断

一

向田源兵衛は尚武館坂崎道場の長屋の一室を住まいにして小梅村暮らしを始めた。その長屋は長いこと田丸輝信が使っていたものだった。

向田源兵衛が食客になって数日も過ぎると、小梅村暮らしにすっかり馴染んで、小田平助を手伝い、槍折れ稽古の手伝いから通い門弟衆への指導と、例の独特の間合いで門弟たちを驚かせた。

門弟の間では、

「なんだか爺様師範がもうひとり増えたな。小田平助様と並んで立ったところは、老いた狐が二匹いるように見える」

「狐ではなかろう、痩せた狸かな。長い旅暮らしで餌が不足していたとみえて、がりがりだぞ」

などと言い合った。だが、立ち合い稽古をしてみると、なんとも奇妙な間と動きに翻弄されて、

「どうもあの年寄りの風貌に油断しておると、ひょいひょい避けられて、いつの間にかこちらが道場の床に転がっておる。真に強いのかごまかし剣法なのか判断がつかぬ」

などと負け惜しみを言った。

小田平助は、向田の飄々《ひょうひょう》とした風采とのんびりした構えの背後に、長年の旅暮らしの間に積み重ねた修羅《しゅら》の日々を見ていた。放浪の旅を過ごした者でないと、互いの正体は見分けられないものだ。平助は直感的に向田源兵衛の、

「凄味」

を悟っていた。

一方、江戸生まれの旗本の子弟や大名家の家臣には、修羅を旅してきた者のしたたかさは理解がつかないものだった。向田源兵衛の皺だらけの笑みの顔を見るにつけ、つい好々爺《こうこうや》と決め付けてしまう。旅暮らしや殴られ屋稼業で身につけた

笑みは、向田源兵衛の一部になっていた。

何日か過ぎた頃、速水左近が尚武館坂崎道場の見所に座った。

磐音が向田源兵衛の滞在を告げたのだ。

それを知ってか知らずか、向田源兵衛は指導を願う者と例の調子で立ち合っていた。

この日、速水右近が向田源兵衛の指導を初めて願った。

十五年前、向田が神保小路の尚武館道場に姿を見せたとき、右近はまだ入門して間もない十二歳だった。そんな右近も長年小梅村に住み込み、今では尚武館坂崎道場の五指に数えられる技量に上達していた。

ここ数日、右近は表猿楽町の屋敷に戻っており、向田源兵衛が十五年ぶりに姿を現した日は小梅村を不在にしていた。

磐音とおこんだけが承知のことだが、右近にはさる大身《たいしん》旗本家から婿入りの話が舞い込んでいた。

父親の速水左近は磐音と相談し、右近を屋敷に呼んで相手方の事情を隠し立てせずに説明し、こう付け加えた。

「右近、かような話は一期一会の縁じゃ。このご時世そうあるものでもない。相手方は、そなたの人柄を承知の上での申し込み、父とは関わりなき話と思え。先方様は半年前、流行病《はやりやまい》で嫡子を亡くされた。家には十八の娘御しかおられぬ。ここで養子を立てるか、娘御に婿を取るかせねば、三河以来の譜代《ふだい》も廃絶になりかねぬ」

「父上、相手の娘御とそれがし、九つ違いにございます」

「その程度の差ならばちょうどよい。ともあれ一度会うて話をしてみぬか」

「その上でお断りしてもよろしいのですか」

「相手方が気に入らねば父に申せ。父が『右近は生涯剣の道を進みたいゆえ』と断ろう」

とまで言われて、右近は思案に暮れた。

そんな右近に決心させたのはおこんの一言だった。

「義姉上、どう思われます、この話」

と右近がおこんに相談したとき、

「養父上が仰るように虚心に会われてみてはどうですか。その上で尚武館暮らしを生涯続けるというのならば、義姉は受け入れます。亭主どのも承知しましょう。ですが、会わずにお断りするのは先方様に礼を欠きます」

と右近の背中を押したのだ。

父とともに小梅村に戻ってきた右近は、稽古着に着替え、体を十分に動かした後に、

「向田様、それがし、速水右近と申します。ご指導のほど願います」

と願った。

空也ら若い門弟衆を除き向田源兵衛と立ち合ったのは、通い門弟ばかりだった。神原辰之助をはじめ、実力派の門弟たちは、一時神保小路の尚武館佐々木道場の客分であった向田源兵衛の「力」を推し量ろうと様子を見ていた。

磐音はそんな駆け引きを黙って見ていた。

空也もあの日以来、向田源兵衛から指導を受けていなかった。なにか考えがあってのことと、磐音もそのことに触れなかった。

そして、道場の門弟衆の間に向田源兵衛が、

「殴られ屋」

なる稼業をしていた噂がなんとはなしに広まっていた。

そんな中での右近の申し込みだった。

「速水右近どのと申されますと、見所におられる速水左近様の倅どのか」

右近は向田源兵衛が父の名を出したことにいささか驚きを禁じえなかった。

「次男坊です。長いこと尚武館の居候門弟をしております。向田様は父を承知ですか」

「上様の御側御用取次であった速水様には、神保小路の尚武館で世話になり申した。磐音先生も承知のことです」

「向田様の剣を玄妙《げんみょう》と言う門弟衆がおられます」

その会話は二人だけにしか届かなかった。

「右近どの、それがしの剣術は旅の垢《あか》に塗《まみ》れた雑技にござる。坂崎磐音先生の直心影流とは比べようもない剣術の真似事です。それで宜しゅうござるか」

「向田様、剣術に貴《き》賤《せん》はない、それがしはそう思うております。向田様の剣術は勝負に拘《こだわ》らないおおらかな剣術とこの速水右近、勝手に判断いたしました」

「剣術界にも勝ち負けばかりに拘る御仁がおられます、それは下賤かと存ずる。こちらの坂崎先生の剣術こそ王道のそれ、品格がある。わがほうは一飯を得るためになす稼ぎ剣法、比べようもござらぬ」

向田源兵衛の言葉には作為が感じられず、まるで小田平助と話しているようだった。

今朝、小梅村に戻った右近は、神原辰之助から空也との立ち合いの様子を聞かされた。その上で、

「稽古を願うならば誠心誠意願え。向田源兵衛様なる人物、侮《あなど》ってはならぬ」

と忠言を受けていた。

もとより右近は、その昔尚武館の客分だった向田源兵衛との勝負を望んだわけではない。ただ稽古をつけてもらおうと考えただけだった。

右近は竹刀を手に神棚に一礼し、向田源兵衛と向き合った。

その瞬間、お互いが醸し出す気持ちが合体して、道場にぴりりとした気が走った。

右近は、正眼に構えた向田源兵衛に威嚇の様子も衒《てら》いもないことを察していた。奥が深い剣術だと思った。

黙礼した右近は、迷いなく向田源兵衛の間に入り込んでいた。すると向田が、すいっ、と下がった。これまでに見せたことのない動きだった。

右近がさらに踏み込んだ。

その短い動きに向田源兵衛が右近の剣風を見抜いたか、右近の面打ちに応じた。

気力体力の充実した二十七歳の右近と還暦を越えた古狐が真正面からぶつかり

合い、右近は持てる力と技を出し切って攻め、向田源兵衛は躱すことなく鋭い攻め技に応じて弾き返した。

右近は攻め急がなかった。

きっちりと踏み込んで一つの技を全霊で打ち込み、向田源兵衛は、鋭い技を全身の力で受け止めて押し返した。

書に譬《たと》えれば、楷書《かいしょ》の攻めを楷書の守りが受けていた。

力の籠った攻めと守りが繰り返された。

磐音は見所のかたわらから、速水左近は見所から二人の立ち合いを見ていた。

向田源兵衛は、決して攻めに転じようとはしなかった。遠慮しているのではない。右近にきっちりと一つ一つの技を出し切らせ、決めさせた上で弾き返しているだけだった。

「恐るべし、間宮一刀流」

見所の速水が呟いた。

四半刻《しはんとき》（三十分）近く続いたその攻めと守りは、不意に終わった。

右近が間を見て下がり、床に座すと、

「ご指導有難うございました」

と礼を述べた。それを向田源兵衛は、床に正座して受けた。

「右近どの、坂崎磐音先生のもとでよう精進されましたな。見事な直心影流にございました」

「有難うございます」

と返事をした右近が、磐音に視線を向けた。

「右近どの、いかがであったな」

「大人と子供に譬えとうございますが、わが力では及ぶ術《すべ》もございませんでした」

「尚武館道場の日々を悔いておいでか」

「いえ、それがし、悔いてなどおりませぬ」

右近がさばさばとした口調で答えた。

磐音はただ首肯した。


おこんの給仕で、朝餉と昼餉を兼ねた膳《ぜん》を速水父子と磐音が摂《と》っていた。その場でおこんが右近に質した。

「相手のお方にお会いになりましたか」

「はい」

　と答えた右近が、

「義姉上、相手のお方をそれがし、知っておりました」

「おや、まあ」

「表猿楽町からさほど遠くないところに御小姓番頭米倉《よねくらの》能登守寛永《とのかみひろなが》様のお屋敷がございまして、次男坊の私は四つ下の嫡男精一郎《せいいちろう》どのと兄弟のように付き合うておりました。何と言いますか、神田川の釣り仲間だったのです。ゆえにその精一郎どのの妹御のお風《ふう》様を九歳の頃まで承知しておりました。それがし、尚武館に住み込んで以来、剣術修行に明け暮れて米倉家の精一郎どのが亡くなられたことも、お風様が見目麗《みめうるわ》しい女性《にょしょう》になっておられることも知りませんでした」

　顔を赤らめた右近に父親の速水左近が言った。

「むろんそれがしは、御小姓番頭の米倉様を城中で承知しておる。じゃが、わが倅が米倉様の屋敷に出入りしていたとは知らなんだ。こたび、ある筋を通して右近を婿養子に貰《もら》えぬかとの打診があったとき、なぜ右近かと思うたものじゃ。倅に聞いてようやく得心いたした」

「養父上も米倉家の方々にお会いになりましたか」

「知らぬ仲でなし、お招きゆえ米倉様の屋敷にお邪魔した」

「で、どうでございましたか」

「どうとはなんじゃ、おこん」

こうなるとおこんの独壇場だ。速水左近もたじたじとなった。

「私の義弟とお風様の相性にございます」

「どうじゃ、右近。そなたが直に義姉に答えよ」

「二人して亡き精一郎どののことばかりを話し合うておりました」

「お風様をどう思われるのですか」

「それはもう」

「じれったいわね。好きなのか嫌いなのか、右近、はっきりと義姉に答えなされ」

おこんの口調が突如深川の町人言葉に変じた。

「義姉上、久しぶりに会うたのです」

と困惑の体《てい》の右近が答え、

「米倉家からの帰り道、迷うておりました。剣術家の道を進むならば、お風様と二度と会うべきではない、と」

と含みのある言葉を吐いた。

「右近さん、ただ今の正直な気持ちをこの義姉にお聞かせなされ」

おこんは手をゆるめなかった。

「おこん、そう右近どのを責めるものではない」

磐音がおこんを窘めた。

おこんの代わりに右近が返事をした。

「先生、父上、お聞きください。最前、向田源兵衛様と手合わせして思い知らされました。尚武館に入門して十五年、それがしなりに努力をしたつもりです。ですが、一廉《ひとかど》の剣術家となるには、非情さが、覚悟が欠けていることを思い知らされました」

「二手目を出さなかったことかな。出せば違った展開も見えたかもしれぬと思われたか」

「はい。その二手目こそが、剣術家を志す人間がとるべき途であったかと思います。ですが、それがしは向田源兵衛様に封じ込められました。世間には、恐るべきお方がおられます」

右近が答えた。

「これ、右近。そなた、向田様を乗り越えられなかったゆえ、剣術家を諦め米倉家に婿入りするというのですか」

おこんの口調は相変わらず険しかった。

「義姉上、それとこれとは違います。それがしが米倉家に養子に入り、お風様と所帯を持つかどうかは、これからお風様と話し合いを重ねた末に決めることです。それに剣術家としての覚悟のなさを向田源兵衛様に教えられました。この二つは絡み合っているようで違うことなのです」

「右近さん、お風様と会う気持ちがあるのですね」

おこんの口調が少し和んだ。

「ございます。お風様も小梅村の尚武館道場の暮らしを見てみたいと望んでおいでです。義姉上にお会いしたいそうです。案内《あない》してもよろしいですか、義姉上」

「許します」

磐音も速水左近も黙って二人の会話を聞くしかなかった。

その昼下がり、磐音は右近に櫓を漕がせた猪牙舟を、神田川の昌平橋《しょうへいばし》際の船着場に着けさせた。同乗したのは向田源兵衛だ。

「向田源兵衛どの、それがしの門弟速水右近の技量をどう思われましたな」

と磐音が尋ねると、

「お尋ねゆえ、失礼ながらお応えいたします。真っ当な直心影流を会得しておられます。互いがもう半歩踏み込めば違うた応酬になったことでしょう。だが、右近どのは敢えて踏み越えられなかった。またそれがし、右近どのがあの折りに引き下がらなかったら、腰砕けになっていたことでしょう。そのようなことを坂崎磐音様に申し上げることもございませんな」

と答えた。

右近は二人の会話に入ろうとはしなかった。

磐音らが訪ねたのは神保小路の尚武館道場の普請場だ。

向田源兵衛は広くなった尚武館を見て回り、道場の見所に設けられた上段の間に、新尚武館道場の意味を悟ったようだ。

「十五年の回り道にござった」

と磐音が言うと、

「その分、坂崎磐音様の肩にのしかかる負担は重くなり申した」

とだけ向田源兵衛が答えた。

右近にとっても初めての普請場見物だった。

「賑やかな日々が神保小路に戻って参ります」

そう答えた右近は、どこか吹っ切れた口調だった。

「右近どの、兄弟とはいえ歩む道は違うもの。幼馴染みの無念の気持ちを継ぐこともご奉公することも、一つの選択にござる。選んだ道が正しいとか正しくないとかは関わりない。選んだ道こそが唯一の途なのじゃ」

右近はしばし沈思し、

「はい」

と答えた。

帰り舟で磐音が向田源兵衛に願った。

「なんでございましょう、磐音先生」

「われらひと月後には、神保小路に新たな道場を開くために引っ越しをいたします。そこで向田どのには小梅村の尚武館坂崎道場に残り、師範代の田丸輝信を助けて道場の運営に当たってもらえませぬか」

磐音の言葉に向田源兵衛の顔がいきなり綻んだ。

「有難き幸せにございます。それがし、上様を迎えるような神保小路の御道場よりも、失礼な言い方ながら小梅村の田舎《いなか》じみた道場のほうが性に合うておりますでな」

磐音は、その答えに満足げに微笑んだ。

猪牙舟にはしばらく櫓の音だけが響いていた。

右近が不意に言った。

「福岡藩の松平辰平様と関前藩の重富利次郎様は、どうしておられましょうか」

「巣立っていくのは嬉しいようで切ないものじゃ。右近どのがどのように決断をされようと、江戸におられるでいつでも会える」

「先生、それがし、その昔の松平辰平様のように武者修行の旅に出るやもしれません」

「そのときは帰りを待つのみにござる。向田源兵衛どのが尚武館に戻ってこられたようにな」

磐音の返答が長閑に舟の上に響いたが、その声は右近の選択を悟っているかのようだった。

二

小梅村の尚武館坂崎道場では、稽古の合間に、神保小路への引っ越しの仕度が始まっていた。

十年余に及ぶ小梅村暮らしだ。母屋でも道場でも物が増えていた。

そこで早苗や品川柳次郎の妻お有《ゆう》ら女衆《おんなし》が手伝って、季節外れの着物から柳行李《やなぎごうり》に次々と詰めていった。

小梅村に道場は残るのだ。尚武館の扁額を外して神保小路に運んでいくだけでよい、と磐音は思っていた。扁額を外すのはもう少し先、神保小路の普請が最終段階になったときとも考えていた。それでも小梅村の道場に残る門弟衆のために片付けておかねばならぬことがあった。

「おまえ様、空也の手を引いて江戸に戻った折りは、着の身着のままでございました。旅に出る前におまえ様と私の衣服を残した物があったくらいでしたが、すでに一人にひとつの柳行李では足りぬようです。それだけ物が増えたのですね」

「空也と睦月が大きゅうなるにつれて、祝いに頂戴した着物などが増えたゆえ、致し方なかろう。それに舅どのの道具もだいぶある」

「お父っつぁんには、小梅村で使わないものはどなたかに差し上げられないの、と再三言っても、死んだおっ母さんの着物にまで未だ拘ってるわ。その分、また物が増えることになりました」

と苦笑いした。

「そうか、姑《しゅうとめ》どのの荷もあったか」

「神保小路でのお父っつぁんの住まいは、母屋にいたしましょうか。それとも私どもが暮らし始めた離れ屋にしましょうか。どてらの金兵衛さんは離れ屋が呑気でよいと言うております」

「離れ屋のほうが気楽というのならそうすればよい。こたびの普請で、離れ屋と母屋を渡り廊下で結んでおる。一つ家のようなものじゃからな」

磐音が答えたとき、おこんがふと思い付いたように言った。

「おまえ様、着れなくなった空也と睦月の着物は、輝信さんと早苗さんご夫婦に差し上げたらいかがでしょう」

「そうじゃな。使わぬ物を持ち歩くより、他人様に役立ててもらったほうがよいな。早苗どのに訊いてみよ」

「貰ってもらうと柳行李一つ分は減ります」

と言い、

「それでも金兵衛さんの長年の身の回りの品だけで舟一杯になりそうよ」

とぼやいた。

数日後、おこんは金兵衛を伴い、神保小路の普請の進み具合を見に行った。

金兵衛には初めて見る新しい尚武館道場と住まいだった。

「おこん、ここがおまえらの住まいか」

「お父っつぁんの住まいでもあるわよ」

と離れ屋を改めて見た金兵衛は、

「おお、桜が蕾《つぼみ》をつけているぜ。引っ越し時分には満開かな」

となにか物思いに沈んでいた。その金兵衛が庭を挟《はさ》んで新しい尚武館道場に接したとき、

「こりゃ、益々いけねえや。深川六間堀育ちの住むところじゃねえな。どうしたもんかね」

と考え込んだ。

「どうしたの、お父っつぁん」

「おこん、人間には分《ぶん》というものがあらあ。神保小路はやはりお武家様と中間《ちゅうげん》、小者《こもの》の奉公人と門弟衆が住まいする場所だ」

「お父っつぁんの婿どのは、上様のお声がかりの道場の主よ。幕臣ではないけれど立派な武士だと思わない」

「坂崎磐音はそうだ。それに嫁のおまえと空也や睦月がこの神保小路に住むのはいい。だが、わしはやめておこう」

と言い出した。

「どういうことよ。お父っつぁんは、私の父親よ。ようやく一緒に住み始めたのに、どうしてまた離れなきゃならないの」

「もう説明したぞ、おこん。神保小路なんぞに住んだら、死んだおっ母さんだって、驚いて化けて出てきちまう」

金兵衛が頑固に言い張った。

おこんは、尚武館の威容に圧倒されたような金兵衛の気持ちも分からないわけではなかったが、しばらく様子を見て心変わりを待つしかないと思い直し、そのことを口にするのはやめた。

尚武館道場の仕上げも着々と進み、棟梁の銀五郎親方がおこんに、

「あと三、四日もしたら、門番代わりに何人か、住み込み門弟衆を移らせませんか。御長屋にはもう住めますよ」

と言った。

帰り道、金兵衛は黙り込んで考えていた。

おこんは米沢町《よねざわちょう》の今津屋に立ち寄り、神保小路の近況を報告した。老分の由蔵が、

「おや、金兵衛さん、本日はえらく静かでございますな」

とおこんのかたわらで考え込む金兵衛に声をかけた。

「うむ、老分さんよ、尚武館の建物を見せてもらったが、なかなか立派だな」

「なにしろ上様のお声がかりの尚武館再興でございますよ。それはもう」

「そこだ」

「なんですね」

由蔵と金兵衛の会話におこんが入って、最前からの金兵衛の気持ちの迷いを説明した。

「ほうほう、深川六間堀育ちが神保小路はいけませんか」

「そう思わねえか、老分さん。ありゃ、武家地だよ、それも御城近くだ。川向こ

うの町屋とは違う。堅苦しくていけねえや」

「そりゃそうですが」

とようやく金兵衛の迷いに気付いた由蔵が、

「歳をとると、新しいことを受け入れるには時を要しますでな」

「時を要しても、やっぱり物事には道理があらあな。おこん、わしは小梅村に残ることにしたよ」

「お父っつぁん、空也と睦月と一緒に暮らしたくないの」

「そりゃ、孫の顔は毎日だって見ていたいさ。だがな、おこん。空也も睦月も可愛いとばかり言ってられない歳になった。これまでに鰻割きの浪人さんとおまえの孫は、十分に間近で見てきた。あの世に行って、おめえのお母っさんに可愛さを話せるくれえにな。だがな、おこん。わしは、神保小路の屋敷の畳の上で往生する人間じゃねえ。こちらの今津屋さんに失礼に当たるのは重々承知だが、精々小梅村のあの家を留守番しながら、おまえたちが偶《たま》に顔を見せるのを待つ暮らしが分相応だ。いや、それだって贅沢すぎるか」

話しているうちに金兵衛の決心はだんだんと固まってきたようで、おこんは溜《ため》息《いき》をついた。

「ふんふん、金兵衛さんの話にも筋が通っています。といっておこんさんの心配も分からないわけじゃない」

と由蔵が親子の新たなる悩みに応じ、

「金兵衛さん、引っ越しまでにはまだいささか日にちがありますよ。じっくりと考えられることです」

「いや、婿どのならば話を分かってくれると思うがね」

と金兵衛が答えた。

小梅村に戻ったとき、母屋の縁側で磐音と品川柳次郎、それに武左衛門が茶を喫《きっ》しながら話し込んでいた。そして、空也が左手一本に木刀を持ち、堅木の丸柱打ちの稽古に没頭していた。利き腕の右と変わらない力強さはあるものの、まだぎこちなさが残っていた。

「どうであった、金兵衛さん。神保小路の新居は」

「武左衛門の旦那、どうもこうもねえよ。わしが住む場所じゃねえな」

ここでも一頻《ひとしき》り神保小路で生じた迷いを訴えた。

「どうだ、婿どの、わしの言うことはおかしいかね」

「舅どの、いささかもおかしくはございません」

「おまえ様」

磐音の返事におこんが悲鳴を上げた。

「おこん、この一件、お互いに時が許すかぎり考えてみようではないか」

という磐音の言葉におこんもしぶしぶ頷いた。

「うーむ」

品川柳次郎が腕組みして呻《うめ》き、武左衛門が、得たりと口を開いた。

「さすがはどてらの金兵衛さんだ。川のこちら側の理屈を承知とみえる」

また話を蒸し返した。

「武左衛門の旦那、理屈じゃねえ。人にはそれぞれ分というものがある。中にはいつまでもその辺の道理が分からねえ御仁もおるがな」

と金兵衛が乗った。

「始末に負えん者がおるか。わしがつんと胸にこたえるように言うてやろうか」

「当人が当人に言い聞かせるのは難しかろう」

「なに、どてらの金兵衛さんはわしのことを言うたのか。不肖竹村《たけむら》武左衛門、道理だけはとことん承知じゃぞ。ゆえに金兵衛さんの気持ちが分かるのだ。どうじゃ、磐音先生、おこんさん、金兵衛さんを小梅村に残しておいては。品川柳次郎一家やわしら夫婦が面倒をみようではないか」

武左衛門が金兵衛から磐音とおこんに視線を転じてみたび話を蒸し返した。

「それは」

と言いかけたおこんが磐音を見た。しばし沈思した磐音が、

「おこん、そなたの親を思う気持ちはよう分かる。じゃが、舅どのや武左衛門どのの考えにも一理ある。舅どのにはしばらく小梅村から神保小路に通うてもらい、おいおいあちらの暮らしに慣れるというのはどうじゃな」

「婿どの、先々も気持ちは変わるまいよ。わしが坂崎家の年寄り門番や飯炊きなら、あちらに住んでもおかしくないや。だがな、わしはおこんの父親だ、そして、おまえさんの舅だ。深川六間堀で育ったわしがやってはいけねえことなんだよ」

「お父っつぁん、それを言うなら娘のおこんも深川六間堀の育ちよ」

「おこん、考え違いをしちゃいけねえぜ。おめえは坂崎磐音って剣術家の嫁になる前に、直参旗本速水左近様の養女になった女子だぞ。おめえは速水家の養女として尚武館佐々木道場の嫁になったんだ。ここんところは分かるな」

諄々《じゅんじゅん》と説く金兵衛の言葉に、おこんはもはやなにも言い返せなかった。

重い沈黙に落ちた場に空也の声が響いた。

「母上、ご心配なさらなくてようございますよ。こちらには早苗さんも幾代様もおられます。それに師範代は田丸輝信さんにございましょう。そして、向田源兵衛様も加わられた」

「それは母も分かっております」

「この武左衛門も柳次郎もおる。金兵衛さんが寂しがることもなかろう。わしが毎日顔を出すでな」

「武左衛門の旦那、毎日は困る。年寄りにもやることはあるでな。たまに顔を見せるくらいにしてくれねえか」

と金兵衛が慌てて断った。

「父上、母上、お願いがございます」

と空也が言った。

磐音とおこんが空也の顔を見た。

「私が爺様と一緒にしばらく小梅村に残ってはなりませぬか。朝の独り稽古を終えたら猪牙を飛ばして鎌倉河岸《かまくらがし》に舟を着け、尚武館に駆けつけて朝稽古に加わります」

「空也」

と叫んだのは金兵衛だった。

「いえ、爺様のためではございません。一に母上の気持ちを慮《おもんぱか》り、二に稽古のためです。毎日の行き帰りに漕ぐ櫓は足腰の鍛錬になりましょう。どうですか、母上」

おこんの両眼が潤んできた。

「考えたな、空也さんや。そうか、どてらの金兵衛さんと話し合ってのことだな」

武左衛門が己の考えに得心したように言った。

「おまえ様」

「受け入れざるを得まいな」

と磐音が言い、

「そなたがこの場で皆に言うたように、母上に案じさせるようなことがあってはならぬ。それに尚武館の朝稽古には決して遅れてはならぬ。それが約束できるか」

「父上、できます」

空也の返事で、金兵衛と空也が小梅村に残ることが決まった。


遠く江戸から離れた豊後国関前領内の須崎川上流の花咲山の麓に、二人の女子の姿があった。

重富利次郎の参勤下番とは別の道中で関前城下に下ってきた霧子が、紅花栽培の畑に奈緒を訪ねてきたのだ。

「奈緒様、今年の種播きはいかがでございますか」

「こちらで紅花栽培を始めて三年目、今年こそは得心のゆく紅花を育て、紅餅を造りませぬと、藩物産所の期待に添えませぬ」

奈緒が険しい顔で言い、

「関前は出羽《でわ》の山形とは気候も土壌も違います。あちらでは未だ寒さの残る三月初めに種を播きます。これまでの二年、山形と同じ時節に種を播きましたが、今年はこちらの気候に合わせて少し早めにしました。それに土壌もだいぶ手を入れて、改良を加えましたゆえ、半夏生前に鮮やかな紅の花が咲いてくれることを願っております」

と答えた奈緒が、

「霧子さん、城下の暮らしには慣れましたか。江戸の暮らしが懐かしいのではございませんか」

と反問した。

「私は父と母の顔も知らぬ子でございました。雑賀衆姥捨《さいかしゅうばすて》の郷《さと》で物心ついてからは、郷のすべての方々が身内だと思って生きてきました。大勢で暮らすことも独りで暮らすことも、道場の暮らしにも慣れました。関前の暮らしにもそのうち慣れましょう」

「霧子さん、なんぞ江戸藩邸から命じられて関前に下って来られましたか」

奈緒は、霧子が飄然《ひょうぜん》と豊後関前城下を訪れたと聞いて、訝しく思っていた。

亭主の重富利次郎は、坂崎磐音の門弟として鍛えられ、剣術指南役を兼ねて関前藩の御番衆として仕官していた。

関前藩は、藩物産所と数隻《せき》の帆船を持ち、国許《くにもと》と江戸の交流が頻繁だった。そのような藩とはいえ、新参の家臣の女房が独り旅してくるなどありえなかった。

それだけに奈緒は霧子のことを気にしていた。

「奈緒様、正直に申し上げます。坂崎磐音様と中居半蔵様が話し合われ、『奈緒どのが苦労しているようじゃで、激励に行って参れ』と命じられました。関前に到着して一日も早くと思っておりましたが、坂崎正睦様のお加減が悪うございまして、坂崎家に夫婦して置いていただき、看病をしておりました」

霧子は坂崎磐音が同席した場で中居半蔵から命じられたのだ。

奈緒の紅花栽培を確かめることもその一つだが、それに優先して、国家老坂崎正睦の老齢とともに藩内に漂う不穏な動きの真偽を確かめよ、との命を受けて下向していた。

「正睦様が病に臥《ふ》せっておいでとは存じませんでした。酷いのでございますか」

奈緒の顔に驚きがあった。正睦の病は藩の極秘事項だった。

関前藩を襲った二度の内紛を乗りきった国家老坂崎正睦は、

「中興の祖」

として崇《あが》められ、藩主福坂実高の絶大なる信頼を得ていた。

「風邪がきっかけで分かったことですが、五臓の具合がよくないとか。こたびはお医師の治療で快方に向かわれておりますが、なにしろお歳にございます。お医師は激務の国家老を辞すれば体への負担も減ると言うておられました。実高様が、跡継ぎの遼次郎《りょうじろう》に任せるには未だ頼りなしと仰り、引き止めておられるとか」

「そのような噂は私どもの耳にも入っております」

「こちらに来て驚いたことは、未だ坂崎磐音様が正睦様の跡を継ぐという噂が流れていることです」

「霧子さん、そのことです。それは間違いなく為にする者たちが流した風聞にございましょう。磐音様が関前藩に戻られるなどということは、明和九年の宍戸文六《ししどぶんろく》一派の騒ぎ以来、決してありえないことです」

「こたびの病はなんとか乗り切られたと、わが亭主もほっと安堵《あんど》しておりますが、藩内では国家老の具合を江戸に知らせるべからずという命が藩士一同に下されているとか。亭主どのも悩んでおります」

正睦の体の具合を嫡子たる磐音が知らぬということは理不尽だった。また、関前藩にこれまでしばしば生じてきた内紛の新たな芽があることも確かだった。

霧子は利次郎から、反坂崎派の旗頭は、中老の伊鶴儀登左衛門《いつるぎとうざえもん》と聞かされていた。

「伊鶴儀は、在番所徒士《かち》から坂崎正睦様の推挙で関前務めに転じ、勘定に長《た》けた才を見込まれてだんだんと出世し、ついには中老にまで上り詰めた人物だが、国家老坂崎様の病状が思わしくないことをよいことに一派を形成し、次の国家老職を狙うているという噂もある」

霧子はこのことをもう少し調べた上で江戸に知らせようと考えていた。

「奈緒様、時折りこちらにお邪魔して、紅花栽培の手伝いをさせてもらってもようございますか」

「願ってもないことです。ですが、利次郎様の許しを得てからにしてくださいね」

「実はすでに断ってございます。亭主どのからは、われら関前藩の家臣ではのうて、江戸小梅村坂崎家の一員である。奈緒様の役に立つことならば、なんでも手伝えと命じられております」

奈緒が霧子の言葉を嬉しげに受け止めた。

三

小梅村では引っ越しが本格化した。

稽古の合間を縫《ぬ》って、手の空いた住み込み門弟が、尚武館の猪牙舟や村で雇った荷船に引っ越し荷を積んで大川を下り、日本橋川から江戸橋、日本橋、一石橋などを潜《くぐ》って御堀に出て、鎌倉河岸の船着場へと着ける。そこから神保小路へ大八車《だいはちぐるま》に載せて運んでいった。この道筋が武家地をそう通らずに済む一番の近道だった。

その引っ越しに先立ち、神保小路の新尚武館道場の先行組として弥助が頭分《かしら》となり、井上正太ら数人が長屋に移り住んだ。

小梅村の百姓家の長屋門と違い、こちらは堂々たる片番所付き両開きの長屋門で、門弟の住む長屋も左右に六つずつ十二間ほど並んでいた。

金兵衛が小梅村に残った分、荷は少なくなった。

だが、坂崎家と住み込み門弟衆の私物などがそれなりにあり、昼下がりになると、毎日小梅村から舟が出た。

一番大変なのはおこんら女衆で、台所の道具を、いつどの時点で荷造りするか大いに迷った。

小梅村で道場稽古の日々を続けながら神保小路に引っ越しをするのだ。ゆえに台所の道具は前もって荷造りするわけにはいかなかった。小梅村を去る日まで暮らしを続けるには入り用な道具ばかりだ。

この日、神保小路に引っ越し荷を舟で運んだ神原辰之助と空也らが小梅村に戻ってきて、おこんに報告した。

「母上、神保小路に今津屋のお佐紀《さき》様と老分さんがお見えでした。主様が不在の間に勝手に見せてもらいましたと詫びられて、母上に伝えてくれと申されました」

「おや、なんでしょう」

「小梅村の台所の道具類、米、味噌《みそ》、醤油《しょうゆ》、油など、一切運んで来られる要はないとのことです。この際、包丁、桶類、鍋釜、茶碗、茶器、お盆に至るまで新規に揃えましょう、とお佐紀様が申されました。今津屋からの引っ越し祝いだそうです。ゆえに母上には半日暇をとっていただき、ともに道具選びをいたしましょうと申しておられました」

「驚いたわ。私にはそんな考えなんてまったく思い付かなかった。考えてみれば、お父っつぁんや小梅村に残る門弟衆は、これからもこちらで暮らしを続けていくのよね。私たちにとって大切なものだけを持っていくとなると、荷が断然少なくなる。大助かりよ」

おこんが大喜びし、台所を手伝う早苗ら女衆にその旨を伝えた。

「おこん様、最後の一日は戦場《いくさば》のような騒ぎになると思っていましたが、随分と楽になります」

早苗もほっと安堵した。

その旨をおこんが磐音に告げると、

「有難いお申し出じゃな。あちらの暮らしは、屋敷から道場、さらには今津屋のご厚意で道具まで新しずくめで始まるか。なにやらわれらが所帯を持った折りの離れ屋の暮らしを思い出す」

「道具は新しくなりますが、主夫婦は歳を重ねました」

「おこん、そりゃ、致し方なかろうが」

夫婦の話を縁側から聞いていた金兵衛が口を挟んだ。

小梅村に残ると決めた金兵衛は、さばさばとした表情で気持ちが楽になったようだ。

「婿どの、畳となんとかは新しいほうがいいと言うぜ。この際だ、そっちも新規の女子にしたらどうだ」

「舅どの、心当たりがございませぬな」

と磐音が答えるところに武左衛門が登場し、

「なになに、畳と嫁は新しいほうがいいか。どてらの金兵衛め、自分の娘が出戻りとなる話だぞ、よいのか」

と胴間声《どうまごえ》で言った。

先日からの胃の具合は桂川甫周国瑞の調合した薬が効いたか、こちらも大声が戻っていた。

「武左衛門の旦那、その考えも悪くないな。おこんと孫が神保小路に行かずにこっちに残る。ふむふむ、よい考えだぞ」

「私どもはお父っつぁんに見捨てられたのです。こちらに残る気はさらさらございません」

おこんが言い切った。

「やっぱり行くのか」

「当たり前です」

小梅村のそんな会話も近々聞かれなくなる。そう思うとその場にある全員の胸に寂しさが去来した。そのせいか、武左衛門は日に何度も姿を見せる。

「ともあれ今津屋のお佐紀様のご厚意で、引っ越しがだいぶ楽になりました。明日にも今津屋に顔を出し、お佐紀様にお礼を申し上げます」

「安永六年（一七七七）の尚武館佐々木道場増改築の折りには、なにからなにまで今津屋の世話になった。だが、こたびは上様のご高配ゆえ、今津屋としてはなにもできぬと心苦しゅう思うておられたのであろう。快くお気持ちを頂戴しよう」

磐音の言葉におこんが頷いた。

そんなところに田丸輝信と神原辰之助が道場から姿を見せた。輝信は稽古着ではなくて普段着に着替えていた。

「磐音先生、われら、余計なことを考えました」

辰之助が言った。

「貧乏門弟が祝いなどと、余計なことを考えなくてもよいぞ」

武左衛門が、娘の早苗がその場にいないのをよいことに口を挟んだ。

「そうか、そういえば、祝いのことはなにも考えていなかったな」

田丸輝信が武左衛門の言葉に思わず応じた。

「輝信、そなたのところは子が生まれるのだ。なにかと物入りとなる。それに反して神保小路の尚武館は大所帯、貧しき師範代が祝いなど考えるな」

「わが舅どのはこう申されております」

輝信が磐音を見て、苦笑いした。

「身内の間で儀礼は無用にござる。それより余計なこととはなんじゃな」

磐音が話をもとに戻した。

「神保小路の新尚武館道場の再興の際のことです。落成と引っ越しを兼ねて、なんぞ祝い事をせずともようございましょうか」

辰之助が言った。

「いや、そのことじゃ。速水左近様に相談してはみたものの、なにせ速水様は御側御用取次の多忙な身、こちらは稽古の合間に引っ越しと、まるで火事場騒ぎじゃ。正直、その一件はなにも決まっておらぬ。なんぞ考えがあるかな、辰之助どの」

磐音は現状を気にする辰之助らに答えたが、磐音の中にもう一つ、重くのしかかる一事があった。

土子順桂吉成との勝負だ。

すでに遠江国相良領内の土子順桂宛てに、場所と立会人を記した返書を送ったことは、磐音以外誰も知らなかった。土子が江戸に出てきた折りに磐音が、

「日時」

を知らせれば、それで戦いの仕度は整う。もとよりどちらかが斃れることは承

知の真剣勝負だ。磐音にも土子順桂にもその考えに変わりはない。

そのきっかけは、田沼意次の命を受けてのことだ。

だが土子順桂は、田沼意次の刺客として立ち合うことを避け、剣術家同士の尋常の勝負を望んで、その舞台と時節が整うのを今まで待っていたのだ。それは、天明二年(一七八二)の秋、磐音とおこんが幼い空也を伴って江戸に戻ってきた折り、両国橋での出会いで決まったと言えた。

真の剣者と出会ったと互いが察したのだ。ゆえに老中田沼意次の刺客として戦う愚を土子順桂は拒んだのである。

早晩、最後の書状か、連絡《つなぎ》がくるはずだった。

「やはり十数年ぶりの尚武館再興、それも上様のお声がかりです。磐音先生、そう恥ずかしいことはできません」

「とは申せ、輝信どの。剣術家の祝いごとに飲み食いの騒ぎは相応しくござるまい」

「なに、飲み食いせぬのか」

武左衛門が残念そうに口を挟んだ。そこへ、

「父上、お酒を飲むなど滅相もないことです」

と早苗の声がして、茶が運ばれてきた。

「夕餉前の春の一刻、茶よりは酒だがな」

「父上は、当分、いえ生涯駄目です」

長女の早苗にぴしゃりと言われ、武左衛門が首を竦めた。

「上様お声がかりの尚武館です。大勢の武家方が祝いにお見えになりましょう。そうなると弟子の私どもは出る幕もございません。直心影流尚武館道場の改めての披露、道場主たる坂崎磐音様と後継の空也どのが模範の形を披露するというのはいかがにございましょう」

辰之助は何日も考えていたことを口にした。

「うちの婿と孫が稽古を披露するってか。いつもやってることだ、格別に芸がないな」

金兵衛が感想を洩らした。

「舅どの、もとより剣術家に芸などございませぬ。辰之助どのが考えられたこと、素直なもてなしかと存じます。はて、尚武館の器に値する直心影流のかたちをわれら父子が披露できるかどうか」

と磐音が呟いた。

「小梅村にいても木刀や竹刀での殴り合い、神保小路に引っ越しても剣術の稽古か。つまらんな」

「武左衛門どの、それがわれらの修行です」

「坂崎磐音、なんのためか、修行を続けるのは」

「はて、なんでございましょうな。われら、剣術家は未だ立ったこともない頂きを目指して修行を続けます。されどこれまで剣聖と評された宮本武蔵玄信様や柳生石舟斎様も、その頂きを見たことはないのではありませんか」

「だれも知らぬ頂きを目指しての修行か、なんとも無益無駄なことだな。わしは早々に見切りをつけてよかったぞ」

「いかにもさようです」

磐音が武左衛門に真剣な口調で答え、言葉を継いだ。

「輝信どのに早苗どの。一つ、頭に浮かんだことがござる。そなたら夫婦、小梅村の借家からこの尚武館の納屋に引っ越してこられぬか」

納屋は今津屋の別邸時代からそう呼ばれていたもので、季助が住んでいた。納屋とはいえ囲炉裏《いろり》がある板の間のほかに二間あり、物置として使える中二階もあった。それに土間が広かった。

「ああ、気付かなかった。もし輝信さんと早苗さんがこちらに住んでくれるのなら、大助かりだわ」

おこんが応えると、武左衛門がすかさず口を挟んだ。

「おこんさん、店賃《たなちん》はなしだぞ」

父上、と早苗が悲鳴を上げた。

「店賃などとれるものですか。もし早苗さんがうちのお父っつぁんと空也の夕餉を拵えてくださるなら、こちらから早苗さんに給金を出さなければいけません」

「よし、決まった。給金の額は」

と答える武左衛門の口を早苗が慌てて押さえた。


翌日、おこんは睦月を連れて今津屋にお礼に向かった。

その昼下がり、空也が独り庭の堅木の丸柱相手に走り、跳び、叩き、再び走り回って別の丸柱に向かう稽古に余念がなかった。

磐音は、豊後関前の父坂崎正睦へ書状を認《したた》めていた。そのとき季助が、

「先生、霧子さんといつぞやのお方から文が来ておりますよ」

と二通の書状を届けてきた。

いつぞやのお方とは土子順桂だ、と磐音は察したが、

「霧子から文とな」

とだけ返した。

「江戸が恋しゅうなったかな」

と季助が応じるのへ、

「季助どの、あと半刻《はんとき》（一時間）もすれば父宛ての書状を認め終える。飛脚屋に願うてもらえぬか」

と磐音が願い、土子順桂の書状から封を披いた。

「貴信拝読　近々上府致し候。返書は馬喰町《ばくろちょう》二丁目旅人宿遠州屋荘五郎《えんしゅうやそうごろう》方に預け置き下されば、それがしに届き候。

風聞によれば貴殿、神保小路での尚武館道場再興が上様よりお許しありしとか、祝着至極に御座候。

多忙の砌《みぎり》、恐縮に御座候えど、日時をご指定下されたく願い上げ候。それがし、勝手気ままな身ゆえ、いつなりともご指定の場所に出向き候」

とあった。

磐音は二度ほど読み返し、丁寧に畳んだ。

空也は休むことなく堅木に向かい、奮闘していた。空也の利き腕は磐音と同じ右だった。だが、いま空也の左手に木刀があり、自在とはいかないまでもそれなりに使いこなしていた。

空也は、いつからか左手を使いこなす稽古を始めていた。

磐音は信じていた。

(それがしには立派な後継がおる)

ゆえに土子順桂との立ち合いに、なんの不安も感じていなかった。いや、楽しみですらあった。

(剣術家とはなんと我儘《わがまま》勝手な人間であろうか)

磐音がこれまで出会った剣術家の中には、磐音より技量と経験で勝る剣者が何人もいた。だが勝敗は、剣術家の、

「力」

のみでは決まらない。一瞬の判断と、

「時の運」

によって勝敗が決した。それを真の剣者ならば、

桂吉成と立ち合うときだ。

「運命」

と承知していた。

土子順桂はそのすべてを知り尽くした剣者だ。

どちらが斃れ、どちらが生き延びるか、だれも知るまい。

だが、坂崎磐音が剣者としての頂きに手をかける瞬間があるとすれば、土子順桂吉成と立ち合うときだ。

磐音が土子の書状を懐に仕舞ったとき、空也が堅木相手の稽古をやめた。

「父上、どなた様からの文にございますか」

汗みどろの空也が声をかけてきた。

「関前の霧子からじゃ。皆も利次郎どのや霧子の消息を知りたいであろう。呼んで参れ」

と命じた磐音は、

「空也、まずは井戸端で汗を洗い流せ」

と言い添えた。

「はい」

と返事をした空也が走って青紅葉の楓林と竹林の間の小道に姿を消した。

磐音は文机《ふづくえ》に戻ると、文箱の中に土子順桂からの書状を仕舞い、正睦に宛てた書きかけの書状を仕上げようとした。だが、

「いや、霧子の文を読んでからのほうがよさそうじゃ」

と気持ちを変えた。

霧子からの分厚い書状は、坂崎磐音に宛てた文と、尚武館ご一統様と記された二通に分かれていた。

磐音は自分に宛てられた文を文箱に仕舞った。

そのとき、空也に導かれた田丸輝信、神原辰之助、速水右近ら門弟衆に、小田平助までが顔を見せた。

「霧子の文ゆえ、最初に父親代わりの弥助どのに読んでもらいとうござった。だが、神保小路に先行しておられる。ゆえに小田平助どのに代読していただきたい」

磐音が霧子からの文を平助に渡した。

「磐音先生、わしでよかろうか。霧子さんの字はくさ、丁寧な字やけん、わしにも読めんことはなかろう」

と言いながら平助が一同を見回し、

「わしが代読するばってん、読み切らん字は抜かすばい。あとでくさ、それぞれが丁寧に読みない」

と前置きし、えへんえへんと喉の調子を整え、

「江戸小梅村尚武館坂崎道場ご一統様、との書き出しばい。江戸を発《た》ち、豊後国関前城下に到着し、早半年余が過ぎようとしております。利次郎様とは二年ぶりの再会にございまして、亭主どのの頰《ほお》がこけていることに驚きました。考えてみますれば、利次郎様の関前下番は初めてのこと。国許の家臣方との初対面に気を遣われてのことかと推察いたしました、か。こりゃ、利次郎さん、苦労しとったとやね」

と代読を切って、自分の感想を加えた。

「そうか、あの能天気な利次郎さんも苦労するのか。奉公は考えものだな」

と辰之助が言い、ふむ、と右近が唸《うな》った。

「先を読むばい。利次郎様と私、国家老坂崎様のお長屋で暮らしております。昨年来、国家老正睦様が風邪をこじらせて床に臥しておられましたゆえ、不慣れながら看病の手伝いをしておりました、か。こりゃ、大変たい」

磐音は父正睦の風邪のことは中居半蔵より聞いて知っていた。平助がちらりと

磐音を見た。

「父上、関前の爺上様が風邪とは知りませんでした」

と空也が驚きの表情を見せた。

「父上の体調は、藩の極秘事項でな」

とだけ磐音が洩らした。

「磐音先生、空也さん、先を読むばい。えーと、ここからやったな。私が関前に到着し、三月《みつき》を過ぎた頃から正睦様の体調が戻り、ただ今では床を離れてゆっくり体を動かすことを始めておられます」

「よかった」

空也が呟いた。

「正睦様の回復を一番喜んでおられるのは藩主実高様と、遼次郎様から聞かされております。遼次郎様も、失礼ながら江戸におられた頃より、しっかりとしたお顔になり、正睦様を補佐なさっておられます。利次郎様は暇さえあれば遼次郎様と稽古をして、小梅村の尚武館を懐かしがっております。先生の義弟さんが一番くさ、利次郎さんが関前入りして心強う思うておるのと違うやろか」

と感想を述べた平助がさらに読み継いだ。

「近々、城下を離れて紅花栽培に挑まれておられる前田屋奈緒様を訪ね、なにか手伝えることがあれば少しでもお力になりたいと考えております。尚武館坂崎道場ご一統様、重富霧子は元気にしておりますゆえご安心ください、か。まあ、利次郎さん、霧子さん夫婦がくさ、関前で元気にしとるなら、なによりたい」

と文を輝信に差し向け、

「字が読み切らんところはたい、適当に読んだけん、輝信さんが読み直しせんね」

と手渡した。

四

小梅村の尚武館坂崎道場の玄関軒下に掛かっている『尚武館道場』の扁額を下ろし、神保小路に運んで新たなる尚武館道場に掛け直す日を、城中の定例の登城日、毎月一日、十五日、行事の日をさけて、

「二月二十四日」

と決めた。

むろん十一代将軍になるはずだった徳川家基が身罷った命日であり、佐々木玲圓とおえいの養父養母が家基に殉じた日であった。

磐音は、速水左近と相談し、

「家斉様は家基様を敬愛しておられる。格別に差し障りはあるまい」

との返事で、この日に決めた。

磐音は、旧尚武館を引き払った日のことなどを思い出しながら、賑やかに霧子からの文を回し読む田丸輝信、神原辰之助、速水右近ら住み込み門弟衆を見た。

速水右近は、小梅村を引き払う日を、尚武館が神保小路に引っ越す日と心に決めていた。本来なら本日も朝稽古のあと、表猿楽町の屋敷に戻っているはずだった。

磐音がおこんから聞いたところでは、右近は米倉家への婿入りを心に定め、お風と祝言を挙げようと考え始めていた。だが、住み込み門弟からひとりだけ抜けて直参旗本の米倉家に婿入りすることに、

「疚《やま》しさ」

も感じているという。

数日前、おこんは右近に、

「右近さん、義姉の私が申します。とくとお聞きなさい。右近さんの決断を妬《ねた》む朋輩《ほうばい》など、だれひとりこの尚武館坂崎道場にはおりませぬ。そして、そなたが尚武館で修行をしてきた歳月は、米倉家への婿入りのためではありません。それはだれもが承知です。そんな姑息《こそく》な考えでの修行であったら、お風様も右近さんを婿になどと思わなかったはずです。分かりますか」

右近はしばし迷ったふうに沈黙し、

「はい」

と答えた。

「義姉が右近さんとお風様の相性を見て差し上げます。お風様にそうお伝えなされ」

と命じたという。

おこんから聞いた磐音は、

「またひとり、尚武館から旅立つか」

と寂しさともつかぬ複雑な気持ちを吐露したものだ。

その右近が磐音に、

「義姉上はおられませぬか」

と晴れやかな顔で言った。

「知らなかったか、右近どの。おこんと睦月は今津屋を訪ねており申す。神保小路の道具諸々を引っ越し祝いに頂戴することになったゆえ、お佐紀様にお礼に参ったのじゃ。二人のことだ、おそらくあれこれと買い物に歩いているのではなかろうか。帰りは夕刻であろう」

「そうですか。ならば義姉上と睦月さんを迎えに上がります」

「なにか火急のことにござるか」

「は、はい」

と迷った右近に辰之助が、

「われらに遠慮せずともよい。どなたかが明日小梅村に挨拶に参られるのであろうが」

とお風の小梅村来訪をばらし、一頻りその話で盛り上がった。

翌日。

速水右近は、睦月を伴い、小梅、シロとヤマの親子三匹の散歩の体《てい》を装って、米倉風が到着する四半刻前から竹屋ノ渡しと尚武館の門前をそぞろ歩き、眼差しは常に川下に向いていた。

「右近様、お風様は必ずおいでになります」

「睦月、それはそうだ。約束だからな」

「なぜそわそわしておられます」

「睦月、それがしはそわそわなどしておらぬぞ」

「睦月を握る手が汗ばんでおります」

「な、なに、手が汗ばんでおるか。洗うたほうがよいかな」

右近が睦月と繋いでいた手を離し、掌《てのひら》を見た。

「睦月、汗などかいておらぬぞ。騙《だま》したな」

「右近様をからかったのです」

「睦月、普段は兄上と呼ぶが、本日は右近様と格上げか」

「兄上がお風様に軽んじられてはなりませぬ。それで今日だけは右近様とお呼びします」

むろん右近と睦月に血の繋がりはない。

嫁入り前、おこんが速水家に養女に入っていたことから、右近はおこんを義姉上と呼んでいた。そんなこともあり、睦月が物心ついてしばらく経ったあたりから、なんとなく二人きりになると右近を兄上と呼ぶようになっていた。

「お風様はそれがしをな、ちょうど今の睦月と同じく、兄のように思うておられたそうだ」

「ならば睦月にとって、お風様は姉上ですか」

「そうなるか。屋敷の外に二人も妹がおるなどと他人が聞いたら、父上が外で産ませた腹違いの妹と思われような。このような言い方は今後気をつけたほうがよいな」

右近が独り合点した。

「右近様」

「なんだ」

「お風様の船が見えましたよ」

睦月に言われて隅田川の下流を見た右近が、

「これはいかぬ。うっかりしておった。剣術なら後の先で決められたようじゃ。急げ、睦月」

改めて睦月の手をとった右近は、尚武館の船着場に走り出そうとした。だが、睦月はその場から動こうとはしなかった。

「睦月」

「兄上、急いではなりません。お風様がそれを見たら、船を引き返されるかもしれませんよ。金兵衛爺様が言うておられました。右近さんは、上様の御側御用取次速水左近様の次男、先方が御小姓番頭の米倉様の姫様ならば右近さんは若様だ。いつもの稽古の立ち合いのように落ち着いて動けるとよいのだがな、と」

「なに、金兵衛さんがそのようなことを言うておられたか。まあ、部屋住みとはいえ、たしかに直参旗本の若様には違いないか」

睦月の言葉に右近が落ち着きを取り戻し、屋根船が来るのを見ながら睦月とともに船着場へとゆっくり歩いていった。

小梅の仔はいつも二匹でじゃれ合うように遊んでいたが、どうやら尚武館の船着場に客を迎えると分かったようで、二匹で飛んでいった。

「睦月、小梅のように落ち着いておればよいな」

そうです、と母犬の小梅を見た睦月が、

「お風様は尚武館見物に来られたのですね」

「名目はそうだが、わが師坂崎磐音様とおこん様に挨拶に見えたのだ」

「そのようなことは四半刻あれば済みましょう。お風様をどちらにご案内するつもりですか」

「なに、どこぞを案内せねばならぬか」

「兄上はお風様と二人でお話がしたいのではございませぬか」

「先生と義姉上のお許しが出ればな」

「兄上がお風様を三囲稲荷にお連れしたいと言われればよいことです」

「つい先日、再会したばかりじゃぞ。そのようなことをしてよいかな」

「では、私がお二人の供として参ります」

「そうか、睦月が一緒に行ってくれるか。ならばよいな」

尚武館の船着場では、おこんとシロとヤマが船の着くのを待っていた。住み込み門弟たちは初めての女性の訪問に、出迎えを遠慮をしたようだった。

「あれ、川清の小吉さんが船頭だぞ」

隅田川から尚武館の入堀へと小吉の船が入ってきた。

尚武館の暮らしと事情に詳しい速水左近が船宿川清に手配りし、米倉家に迎えの船を差し向けていた。

米倉風は、女中をひとり伴っただけで、小梅村の長閑な光景にゆったりと目を預けていた。

そのお風の眼差しが、河岸道から船着場に下りてくる右近と睦月の姿を捉え、にっこりと微笑み、その視線がおこんに移って会釈をした。

おこんは即座に、

（右近さんに似合いの娘御）

と思いながら、

「お風様、よう小梅村においでくださいました」

と言葉をかけた。

小吉と助船頭二人の屋根船が尚武館の船着場に着けられた。

「小吉さん、ご苦労さまでした」

おこんが馴染みの船頭を労った。

米倉風は、愛らしくもおっとりとした娘だった。大身旗本のお姫様らしく鷹揚《おうよう》であった。船頭が下船の声をかけるのを待っていた。

米倉風によるこたびの小梅村訪問は、両家の両親は一切関わらず、風が供の女中ひとりを連れただけの極めて私的なかたちがとられた。

城中で速水左近が米倉寛永と話し合った結果だった。

小吉がお風と供の女中の履物を船着場に揃えた。

「右近さん、お風様の下船をお助けしなさい」

おこんが義姉の貫禄《かんろく》で命じた。

「は、はい」

と答えた右近が手を差し伸べた。

「右近様、黙ってないで『お手をお貸しください』と申し上げるのです」

睦月が右近に小さな声で囁き、お風が屋根船から下りるのを右近と睦月が手助けすることになった。

「有難うございます、右近様、睦月様」

姿勢を正したお風が二人に礼を述べ、視線を巡らし、

「おこん様にございますね。米倉風にございます」

「お風様、よう小梅村に参られました。右近さんからお聞き及びかと思いますが、尚武館道場が神保小路に引き移ります。ためにざわざわしておりますが、時が許す限り小梅村を見物していってくださいませ」

とおこんも応じた。

五人と犬三匹が船着場から尚武館の長屋門を潜った。

お風は、尚武館道場で神原辰之助ら住み込み門弟が最後の引っ越し荷をつくる

様子に、

「おこん様、右近様、大変な時節にお邪魔をし、ご迷惑をおかけいたしました」

と詫びた。

「いえ、そうではございません。何年も修行をしてきた道場を見ていただくのが、右近さんのふだんの暮らしぶりを知ってもらえる早道と思い、右近さんに『是非、お風様を小梅村にお連れするように』と申しました。剣術家がどのような暮らしをしているか、お旗本の屋敷の暮らしからは想像もできますまい」

おこんの言葉に頷いたお風が、

「父からは、神保小路の尚武館道場は、上様お声がかりの再興と聞きました。速水右近様は亡き兄精一郎の幼馴染みでございまして、私には精一郎と同様に兄のようなお人でございました」

と答えるのを右近が、うんうんと頷いて見ていた。

「右近様、小梅村にも義姉上と妹御がおられたのですね」

「さようです。おこん様は速水家に養女として入られ、佐々木道場の坂崎磐音様に嫁に行かれたゆえ、われら兄弟にとって義姉上でしてね。それにこの尚武館道場は、坂崎磐音様、おこん様を頂きにした血の絆より強い一つの家なのです。神保小路に戻れば、もっと身内が多くなります」

　右近がようやく落ち着いたようで、お風に応えた。そこへ空也が、

「右近さん、米倉風様はお見えになりましたか」

　と竹林と楓林から木刀を手に飛び出してきた。

「お見えです、空也どの」

　空也がお風の姿をすぐに目に留めて、

「坂崎空也です、お風様」

　と挨拶した。

「右近様の弟御ですね」

　とお風が微笑んだ。

「おお、右近さんには勿体《もったい》ないほどのお方ですね、母上」

「母もそう思うております」

「あ、義姉上、空也どの、どうすればよいのだ、この速水右近は」

　と右近が慌てた。

「普段の右近さんをお風様にお見せせねばなりますまい」

　空也が手にした木刀を構えた。

「よし、それならば手加減をいたしませんぞ」

と言って右近が、

「幹次郎、それがしの木刀をとってくれ」

と願い、二人して庭先で木刀を構え合った。

「お風様、驚かないでくださいね。うちはこのようなことは日常茶飯事です。まあ、軍鶏が仲間内でじゃれ合うてるとでも思うてくださいまし」

おこんがお風を縁側に誘い、庭の二人を見た。

「なにがあったと」

小田平助が長屋から顔を出し、向田源兵衛も姿を見せた。

速水右近の将来が決まるかもしれない米倉風の小梅村訪問に遠慮して、二人とも長屋に引き籠っていたのだ。

「おお、空也さんと右近さんが立ち合うとね」

と小田平助が笑いかけ、

「お互いに直心影流は忘れてくさ、思いきり立ち合わんね」

と嗾《けしか》けた。

「ならば、それがしは小田様直伝の槍折れで、空也どのの堅木打ちに挑もうか」

右近は木刀から槍折れに替えた。

空也は木刀を手に間合いを空けた。

「軍鶏の喧嘩の始まりですわ」

睦月がお風の耳元で囁いた。

「速水右近、坂崎空也の御両者、向田源兵衛が審判を務めよう」

向田源兵衛が二人の間に入り、

「よいか、始め！」

と対戦開始を告げた。

「おう！」

と答えた右近が槍折れを片手に持ち、頭上で大きく旋回させると、たちまち、
ぶんぶん
と棒鳴りがして庭の気を裂いた。それを見ていた空也が右近に頷くと、

「きええいっ」

という気合いを残して、右近に向かって走り寄った。

お風は右近の槍折れと空也の木刀が絡み合い、音を立てる光景を想像した。

だが次の瞬間、空也の体は虚空高くに跳び上がり、木刀を振り下ろしざまに槍

折れを叩いていた。それが槍折れと木刀稽古の始まりだった。

両者ともに手加減することなく突き、殴り、打ち、弾き、躱しての立ち合いが四半刻も続いた。

「母上、あのお二人を止めませんと、いつまでもお風様をほったらかしで稽古を続けますよ」

呆れ顔の睦月がおこんに言い、その様子を見ていた向田源兵衛が、

「両者、引き分け」

と立ち合いを止めた。

「もう少しで槍折れが空也どのの木刀をへし折るところだったのだがな」

と右近が残念がった。

「右近様、本日はどのような日でございますか」

睦月の声が尚武館の庭に響いて、右近が、

(ああ、しまった)

という顔をした。

米倉風は、右近に伴われて小吉の屋根船で小梅村の船着場を離れた。

屋根船から顔を覗かせた風が、

「おこん様、楽しゅうございました。小梅村を満喫いたしました」

と礼を述べ、

「睦月様、お心遣い感謝いたします」

と睦月にも言った。その風に頷き返した睦月が屋根船の中の右近に、

「右近様、お風様をお屋敷までお送りするのですよ」

と注意した。

「睦月、要らざる言辞を弄するな。この空也が共に参り、右近さんを小梅村に連れ帰るからな」

空也が猪牙舟から言った。

空也は猪牙舟で神田川右岸大袋町《おおふくろまち》の米倉家まで同行し、帰りに右近を乗せて小梅村に戻ってくることになっていた。

「またお会いできますね、お風様」

睦月が声をかけると、

「睦月様、私どもは姉妹ではございませんか、必ず会えますよ。この次は神保小路にお訪ねします」

とお風が約束して、二艘《そう》の船が隅田川へと出ていった。

お風は母屋に招かれ、磐音に挨拶をし、しばし談笑したのち、右近に三囲稲荷に案内された。その場には睦月と米倉家の女中が同行した。さらには長命寺《ちょうめいじ》では名物の桜餅《さくらもち》を賞味し、お風は、

「わが屋敷ではこのような場所に連れてきてもらったことはございません。睦月様、小梅村は楽しいですね」

と満足げだった。

「私は小梅村生まれです。この界隈と、両国西広小路の今津屋と浅草寺門前、それに深川近辺しか知りません。神保小路に引っ越したら、お風様、私に川向こうの江戸を教えてください」

と睦月が願った。

「はい、必ず」

「あのう、妹たちよ。その折り、この速水右近は同道を許してもらえるのか」

右近が二人の会話に割り込むと、謹厳実直な米倉家の女中までが吹き出した。

「睦月様、どうしたものでございましょう」

お風が睦月に尋ね、

「速水右近では同道できません」

と睦月が返事をした。

「妹よ、それがしはなぜ連れていってもらえぬのじゃ」

「当然です」

「なぜじゃ、睦月」

「米倉右近ならば考えてもようございます」

睦月がしれっとした顔で応え、右近が睦月の言葉の反応を窺うようにお風を見た。


船を見送ったおこんと睦月が母屋に戻ってきた。

「おまえ様、いかがでございますか」

「おこん、本日は睦月があれこれと気遣いをしたようじゃな。右近どのは米倉家のよき跡継ぎになられよう。次は神保小路の尚武館にお招きいたそうか」

「おまえ様、尚武館の再興祝いの場に、米倉様とお風様をお招きしてはいかがですか」

「それも一案かな」

磐音の視線が睦月に行った。

「どうした、睦月」

「右近様が米倉家に婿入りなされますと、杢之助様はお嫁様が欲しくなりませぬか」

「うむ、こればかりは、うちがやきもきしてどうなるものでもあるまい。右近どのにかような話があったように、必ずや杢之助どのにもよき話が舞い込もう」

磐音の言葉におこんと睦月が頷いた。

二月も十日を残すのみになった夜の大川を、猪牙舟がゆっくり上流へと漕ぎ上がっていった。舟には二つの影が乗っていた。

「右近さん、どんなお気持ちですか」

櫓を漕ぐ空也が胴の間《どうま》で物思いに沈む右近に問いかけた。

「年貢の納め時です。直心影流の極意会得は空也どのに任せます。速水右近は米倉右近と名を変えて、お風様を大事にして奉公に精を出します」

右近の言葉は空也の耳に潔く《いさぎよ》響いた。

第四章　尚武館再興

一

この日の昼下がり、小梅村に福坂俊次《としつぐ》と中居半蔵が磐音を訪ねてきた。訪いの名目は、尚武館道場の再興祝いということであった。

「引っ越し祝いを物で貰うても、小梅村から神保小路まで運んで行かねばなるまい。それゆえ俊次様と相談の上、金百両とした。これだけの大所帯の引っ越しゆえ、なにかと物入りであろう。費《つい》えの一部にしてくれ。まあ、そなたの後ろには両替屋行司《ぎょうじ》の今津屋がついておるで、金子《きんす》の心配はあるまいと思うたが、あれこれ入費がかさむでな」

磐音に祝い金を差し出したのは、長年藩物産所を切り盛りしてきて商いにも世間にも通暁した中居半蔵だ。

「俊次様、中居様、お気遣い真に有難うござる。快く頂戴いたします」

旧藩からの祝いに磐音が応じたところに、おこんと睦月が茶菓を運んできた。

「おこん、俊次様より引っ越し祝いを頂戴した」

袱紗《ふくさ》包みをおこんへ渡し、

「俊次様、中居様、大事に使わせていただきます」

とこちらも素直に受け取り、礼を述べた。

庭先では空也が笠間安三郎ら、未だ入門して年期の浅い門弟に堅木打ちの動きを教えていた。

「空也どのは一段と体がしっかりしてきましたな」

俊次がおこんに言った。

「毎日五度は食して稽古三昧《ざんまい》です。それにしても、どこにあれだけのものが消えていくのか、不思議でなりません」

「育ち盛りゆえな、致し方ございますまい」

俊次が笑った。俊次は豊後日出《ひじ》藩木下《きのした》家分家、立石《たていし》領五千石の部屋住みから福坂家に養子に入った人物だ。世間の苦労も慎ましやかな暮らしも十分に承知していた。

おこんと睦月が下がった。祝いのための来訪ではないと、おこんも察していたからだ。

実高が参勤下番で関前に帰っているため、代わりに俊次が藩務多忙となり、小梅村へ稽古に通う回数が減っていた。

俊次は関前藩藩主福坂実高の世子として、家斉との御目見も済んでいた。ゆえに磐音にとって旧主の跡継ぎであるが、同時に磐音にとっては門弟でもあった。ために小梅村などでは磐音を師として遇してくれた。

「俊次様、重富利次郎どのも関前滞在ゆえ、藩邸での稽古もままなりませぬか」

磐音が俊次に尋ねた。

「先生、なかなか稽古の刻がとれませぬ。中居から話に聞きましたが、神原辰之助どのが重富利次郎に代わり剣術指南役として藩道場に通うてくれるとのこと、できるだけ道場に出るよう努めます」

俊次の言葉に首肯した磐音が、

「神保小路に移れば、関前藩江戸藩邸から尚武館に通うのは小梅村ほど遠くはございません。家来衆とともに稽古に通うてこられませ」

「中居半蔵に聞くところによると、なかなか立派な道場が新築なったとか。楽しみにしております」

俊次がさらに言葉を添えた。

中居半蔵が話題を転じた。

「昨日、関前から早飛脚が届いた。それによると国家老坂崎正睦様はようよう床上げが済んだとの知らせじゃ。俊次様もわしも、ほっと安堵したところじゃ」

「中居様、それがしのもとにも霧子から書状が届き、およその関前事情は知らされました。奈緒の紅花栽培も難儀続きであるそうな」

磐音に書状を送った時点では、霧子は奈緒に会っていなかった。正睦の体調が回復に向かったゆえ、近々に奈緒を訪ねると記されてあった。

「そうか、そちらにも書状が届いておるか」

と応じた半蔵が、

「そなたには相談に乗ってもろうたゆえ、すでに承知のことじゃが、またぞろ国許の関前城下に不穏な動きがあるのはたしからしい」

と言い添えた。

半蔵は正睦の病気見舞いに事寄せて、

「関前に戻らぬか」

と磐音に願ったのだ。

こたびの参勤下番で藩主の実高が江戸を離れた直後のことだった。

だが、豊後関前藩の内政にこれ以上関わることを磐音は己に禁じていた。もはや磐音が関前藩を離れて長い歳月が経過していた。

父の坂崎正睦が国家老を務めているだけに、

「二度と政に首を突っ込んではならぬ」

と戒《いまし》めていた。

実高も中居半蔵もなにかにつけて、外に出た磐音を頼りにした。

「国家老の坂崎様が、風邪が因で五臓六腑の長患いをしておられた。それをよいことに、中老の伊鶴儀登左衛門が密《ひそ》かに仲間を集めて一派の形成を策しておるとか。殿が関前におられるうちは目立った策動はすまいと思う。じゃが、江戸へ参勤で上がられたあとがいささか不穏でな」

中居半蔵が顔を顰《しか》めた。

「俊次様、中居様、わが父はもはや古希《こき》を過ぎた老人にございます。未だ国家老の地位にあること自体、尋常ではございませぬ。殿が関前にあられるうちに後継を決め、父は隠居すべきと存じます」

古希を過ぎた正睦がなぜ国家老を続けねばならないか、その理由を三人は承知していた。

正睦は豊後関前藩の財政を立て直し、「中興の祖」として敬《うやま》われてもいた。だが、老いては的確なる藩政運営ができないのはだれしも承知していた。

そのことを承知の正睦は実高に幾度も隠居を願ったが、その都度拒まれていた。藩主実高の絶大なる信頼があってのことだが、正睦の年齢を考えたとき、十年前に職を辞し、余生を楽しむべきであったと磐音は思っていた。

「それができればな」

半蔵が呻くように言い、さらに言葉を添えた。

「殿は未だ坂崎磐音に未練を残しておられるのだ」

「俊次様はいくらなんでもそのようなお考えはございますまい」

「いえ、私が跡継ぎとして分家から福坂家に入りましたあと、殿は常々『藩の一大事が起こった折りには坂崎磐音を頼りにせよ、相談せよ』と繰り返されてこられました。『国家老の正睦を退かせぬのは、磐音がうんと言わぬからだ』ともしばしば聞かされております」

「俊次様、それがし、藩の外から微力を尽くすことはできます。ですが、関前藩のためだけに奉公することは叶いませぬ」

「磐音、そなたはそう言うがな、殿はそうは考えておられぬのだ。またこたびの伊鶴儀一派も、正睦様の跡目をそなたが継ぐことを一番恐れておるのだ。ゆえに関前城下では、『国家老の世襲を許してはならじ』と陰でそのことを非難しておる。殿のお考えを巧妙に利用してのことだ。なあに、伊鶴儀など成り上がり者じゃが、あらぬことを百回も繰り返し聞かされると、人というもの、真実と思い込んでしまう愚かさがある。このことが怖いのだ」

「中居様、それがしの気持ち、昔から分かっておいででございますな」

「殿を説得せよと申すか。それができれば、俊次様に同道してそなたの前に座してはおらぬ」

座に沈黙が落ちた。

「俊次様、中居様、こたびの尚武館再興は上様直々の命《めい》にございました」

磐音が沈黙を破って言った。

「なに、そなた、上様とのお目通りが叶うたか」

中居半蔵が驚きの声を上げた。

「空也ともども殿中大広間にて家斉様から尚武館道場の再興を命じられました。空也には佩刀を下しおかれました」

「上様直々の神保小路尚武館再興にございましたか」

俊次が磐音の言葉を繰り返した。予想もしなかったことのようで、その表情が驚きを物語っていた。

「新しく幕府の普請奉行が手掛けた尚武館道場には、上段の間が設けられております」

「なに、上様が尚武館に見物に来られることを前提に尚武館再興を命じられたか」

「中居、そうではなかろう」

俊次がなにかに気付いたように言った。

「俊次様、どういうことでございますか」

「新尚武館道場は、幕府の御用道場ではなかろうか」

「その道場主が坂崎磐音」

「そして、後継は庭で木刀を振るう坂崎空也どの」

また座を沈黙が支配した。

中居半蔵も俊次もあれこれと想念を巡らせていた。

「そなたはもはや関前藩とは無縁の人間、公儀の一員か」

「中居様、いささか解釈が違いましょう」

「どういうことだ、磐音」

「それがし、佐々木玲圓の後継として佐々木一族として生きねばならぬ運命《さだめ》にあるということです。空也もまたその道を辿るのです」

さらに長い沈黙のあと、

「江戸に戻られる殿に、どうご説明すればよいであろうか」

と中居半蔵が呟いた。

空也は堅木打ちの動きを笠間安三郎らに教えながら、座敷で対面する三人に切迫した雰囲気が漂っていることを感じ取っていた。

だが十四歳の空也には、その理由を察することはできなかった。

先日から父のもとへ何通かの書状が届いていた。だが、父がそのすべてを身内や門弟たちに披露したわけではないことも承知の上だった。

城中大広間での対面の場において、父が手挟んでいた短刀越前康継の茎《なかご》の銘を家斉は目にしていた。

古刀五条国永と短刀越前康継は、神保小路の旧尚武館佐々木家の敷地に埋められていた古甕から出てきたものと聞かされていた。

その銘を見た家斉の顔色はただ事ではなかった。

家斉が空也に、

「父の跡を継ぐ覚悟か」

と下問したとき、空也は即刻、

「はい」

と答えていた。

二口の古剣、なかんずく短刀越前康継には、佐々木家の秘密が隠されている。その銘に祖父の佐々木玲圓は殉じ、父はその遺志を継ごうとしている。

神保小路尚武館道場の再興は、その秘密の上に成り立ち、佐々木一族の運命を握っていた。

父と対面しているのは関前藩の跡継ぎ福坂俊次と留守居役中居半蔵だ。ゆえに尚武館道場の再興と関わりがあるとは思えなかった。

その様子を見ながら空也は、肌に刻み込んだ一つの約束を思い出していた。

霧子が豊後国関前に旅立つ夜、空也は自ら望んで小梅村から関前藩江戸藩邸近くの昌平橋まで送っていった。

隅田川を下りながら櫓を握った空也が、

「霧子さん、利次郎さんと会える嬉しさより、御用が気にかかりますか」

と尋ねた。

「私どもは身内です。身内の悩みや考えはなんとなく分かります」

「空也様、霧子の顔色を見られますか」

霧子がこくりと頷いた。

「おお、今まで考えもしなかったぞ。だけど霧子さん、私は雑賀衆姥捨の郷をあまり覚えておりませぬ」

「空也様、この霧子と同じ土地で育ったのは、私と空也様の二人だけです」

「いえ、空也様の胸の奥に姥捨の郷のすべてが宿っておられます。いつの日か一緒に姥捨の郷を訪ねましょう」

「約束します、霧子さん」

と答えた空也が、

「必ず無事に、利次郎さんとともに身内のもとへ戻ってきてください」

と言い添えた。

「空也様、どのような御用にも危険は付きものです。私は御用の途中で命を落とすことがあっても、蘇《よみがえ》ることができるならば、空也様の父御である坂崎磐音様のもとで、その命《めい》に喜んで従う生き方をなします。私は、坂崎様、弥助様、おこん様、利次郎様をはじめ、大勢の方々に出会って家というものの温《ぬく》もりを初めて知りました。このことを空也様、覚えておいてくださいませ」

「霧子さん、分かりました。たった今、私たちは約定したのです。同じ姥捨の郷で幼き折りから育った者は、霧子さんとこの空也だけ。必ず一緒に私の心の奥底にある故郷を訪ねましょう」

猪牙舟が神田川に入り、昌平橋の船着場に着いたとき、霧子は下りる前に空也の体を両腕で一瞬抱きしめて去っていった。

空也の五体に霧子の匂《にお》いが刻み込まれた。

(父は一介の剣術家ではない、使命を持たされた剣術家なのだ)

と空也は座敷の三人を見ていた。

皆の前で父は、霧子の文を小田平助に読ませたが、父が霧子に与えた使命は別のところにあると空也は思っていた。

その秘密とともに空也も直心影流尚武館道場の剣術家にならねばならないのだ。

そう空也が考えたとき、福坂俊次と中居半蔵が辞去する様子で沓脱石《くつぬぎいし》の履物を履くと、俊次だけがつかつかと空也らのもとへと姿を見せた。

「空也どの、頑張っておりますね」

「木刀を握って走り回っているほうが楽しいのです。きっとそのうち、そんな甘いものではないと気付くときがくると思います。でもそのときまで」

「楽しまれることです」

「利次郎さんも霧子さんも元気のようですね」

「藩邸に届いた書状にも、そう認《したた》めてありました」

「それはようございました」

空也は昌平橋の船着場で霧子に不意に抱きしめられたとき、母や睦月とは違う、「女の香り」

を感じてくらくらした。

「前田屋の奈緒様たちも元気ですか」

「紅花栽培に頑張っていると聞き及んでいます」

「よかった。亀之助さん、鶴次郎さん、お紅ちゃんたちも関前で元気にしてるんですね」

と答えた空也を俊次が笑みの顔で、

「空也どの、先生の跡を継がれる前にぜひ豊後関前を訪ねてください」

と願った。

「行きます。関前の爺上様婆上様に会いに参ります」

空也は俊次に約束した。


小梅村を去る日が近づいたせいか、この日もまた別の客があった。

深川名物鰻処宮戸川《みやとがわ》の職人幸吉《こうきち》が縫箔《ぬいはく》職人のおそめを伴い、姿を見せたのだ。

幸吉は、もはや宮戸川にはなくてはならない職人で、鉄五郎《てつごろう》親方の右腕と言われるまでに技量を上げていた。

一方、幼馴染みのおそめは縫箔の女職人として江三郎《こうざぶろう》親方のもとで基《もとい》の縫箔を修業し、才を認められて本場、京での修業が叶った。そして、江戸に戻ってきて、こちらも江三郎親方を助ける女職人になっていた。

二人が揃って来たのを、磐音もおこんもわが弟妹を迎えるように喜んだ。

「おや、師匠、晴れやかな顔でござるな」

珍しく磐音が冗談で幸吉を迎えたのもそのせいだ。

幸吉は、磐音が深川暮らしを始めたときからの知り合いで、鰻捕りの名人だった。磐音はこの幸吉の口利きで、宮戸川の鰻割きの仕事を得て、どうにか糊口を凌いだ時期もあった。ゆえに深川暮らしのいろはを教えてくれた幸吉は、磐音にとって師匠であった。

「おお、二人揃って顔を出したか」

金兵衛が姿を見せて、くんくんと鼻を鳴らした。

「金兵衛さん、鼻が利くな。鰻の蒲焼《かばやき》を持ってきたよ。小僧に台所に運ばせてあるんだ」

「幸吉の体に染みた鰻の匂いかと思ったぜ」

そこへおこんが姿を見せて、

「おまえ様、幸吉さんからたくさんの蒲焼をお祝いに頂戴しました。幸吉さん、おそめさん、私たちと一緒に夕餉を食べていってね。お祝いだから」

と言った。すると空也が鰻の匂いに釣られたように縁側に走ってきて、

「母上、お祝いってなんです」

と訊いた。

「なんとなくだけど、幸吉さんとおそめさんから目出度《めでた》い話が聞けそうよ。おこんさんの勘は未だ錆《さ》びついていないはずだけど」

おこんが幸吉とおそめを見た。

二

賑やかな夕餉が終わり、幸吉とおそめは空也が船頭の猪牙舟に送られて深川へと戻っていった。おそめは、親方の許しを得て今宵は深川の実家に泊まるという。

皆が去った座敷に磐音と金兵衛の二人が残っていると、おこんが茶を運んできた。

微醺《びくん》を帯びた磐音は茶碗に手を伸ばしながら、

「おそめちゃんと呼んでいた娘が、江三郎親方に信頼される縫箔職人となり、通いを許されるようになった。しかもこの秋、祝言を挙げるとは驚きましたな」

「深川六間堀育ちの幼馴染み同士が所帯を持つってか。こちらが歳をとるわけだ。そろそろあちらに行く仕度をしなければな」

金兵衛がしみじみと言った。

「お父っつぁん、いささか手遅れよ。行き遅れついでに、幸吉さんとおそめさんの祝言を見ていったら」

「そうか、それもそうだな。幸吉とおそめの祝言に見送られてあの世に旅立つのも悪くないな」

親子の会話に磐音が口を挟んだ。

「舅どの、人はすべて冥界《めいかい》に引っ越すのです。慌てることもございますまい」

幸吉とおそめが所帯を持つことは、宮戸川の鉄五郎親方と縫箔の江三郎親方が話し合って決めたことだという。二人とも通いを許されるほど親方に認められてのことだ。

「幸吉もおそめもいい親方に恵まれたな」

と金兵衛が言い、

「だけど、宮戸川は深川六間堀、縫箔屋は川向こうの御城近くよ。長屋は深川なの、それとも川向こうに探すのかしら」

おこんが二人の住まいに話を向けた。

「そうだな。どちらから通うにしても毎日となると大変だぜ」

金兵衛が気にした。

「あまり賑やかな夕餉ゆえなかなか話を切り出せなかったが、鉄五郎親方は前々から宮戸川の出店を考えておられたようなのだ。江戸橋南詰に新たに宮戸川を店開きするそうじゃ。過日、鉄五郎親方に会うたとき、店の手当てはついたと言うておられた。店は江戸橋広小路に面したところだそうじゃ。おそらく幸吉どのをそちらの頭にと考えておられるのではなかろうか」

「なに、幸吉が宮戸川の親方か」

「当分は鉄五郎親方が、六間堀と江戸橋南詰の二つの店の面倒を見られるのであろう。親方は、いずれ御城近くに宮戸川の暖簾を掲げたいと、ずっと考えてこられたそうだ」

「そうだったの。江戸橋広小路なら、呉服町《ごふくちよう》の江三郎親方の縫箔屋にも近いし、通えるものね。本当に二人ともいい親方に恵まれたわ」

「おこん、幸吉とおそめがそれだけ必死に勤め上げたということだろうな」

「そのとおりよ、お父っつぁん。なんにしても尚武館の引っ越し前に幸先《さいさき》のいい話だわ」

「ああ、深川六間堀からまた二人、巣立っていくか」

金兵衛の声がしみじみと磐音とおこんの耳に聞こえた。

「おこん、引っ越しの目処はついたのか」

「明日引っ越してもようございますよ」

おこんが答えたとき、湯殿から睦月の声がした。

「母上、寝間着がございません」

「うちにはまだ手のかかる娘がいたわ」

と言いながら、おこんが湯殿に立った。

「舅どの、やはりこちらに残られますか」

磐音が金兵衛に最後の念押しをした。

「ああ、こればかりは無理を言わせてくれねえか。どてらの金兵衛が、武家屋敷が軒を連ねる御城近くで住まいするには、十分すぎるほど歳を食いすぎた。慣れた川のこっち側のほうが気が楽だ」

磐音は金兵衛の気持ちを理解していた。

「婿どの、おこんがいねえ間に言っておこうか。わしの弔《とむら》いだがな、小梅村で内々にひっそりとして、死んだおのぶが眠る霊巌寺《れいがんじ》の墓に葬ってくれねえか。わしら夫婦はよ、深川で生涯の大半を送ってきたんだ。おまえさんたちの暮らしに合わせることもなかろう」

磐音はしばし間を置き、金兵衛に、

「承知いたしました。この一件は、神保小路に落ち着いたらおこんに話します」

「ああ、そうしてくれ。わしが言うとおこんがあれこれ言いだすからな。おまえさんの言葉なら素直に聞こう」

金兵衛は長年胸に秘めていた想いを吐き出して、どことなく安堵の表情だ。

「空也がこちらに残ると言うております。空也は毎日、神保小路に通うことになりますが、時には空也の舟に乗って神保小路に顔を出してくだされ」

「そうさせてもらうよ。となると、武左衛門の旦那が『わしも連れて行け』と言いそうだ。構わないかね」

「構いません。道場と屋敷は離れているのです。お二人でのんびり半日過ごし、空也の舟で戻ればようござる」

「明後日が引っ越しか」

「小梅村にて預かって参った『尚武館道場』の扁額を、明後日の朝稽古が終わったあとに外して、あちらに持っていきます」

「急に静かになるな」

さすがに金兵衛の声が寂しげに響いた。

「おまえ様、湯に入られませんか」

おこんの声がした。

「舅どの、二人で湯に入るなど滅多にございません。一緒に入りませぬか」

「なに、鰻割きの浪人さんとどてらの金兵衛が湯に入るか。六間湯《ろっけんゆ》で背中を流してもらって以来じゃねえか」

「悪い話ではございませんぞ」

「冥途《めいど》の土産《みやげ》話だ、直心影流尚武館道場の主と湯に入ってやるか」

と立ちかけた金兵衛が、

「関前の正睦様はいつまでも国家老というわけにもいくまい。隠居して、わしと同じようにのんびりと余生を過ごされないものか」

と言い出した。

磐音が一番気にかけていたことだった。

「殿からお許しが出ないそうにございます」

「そうか、武家奉公はなんとも不便なものだな」

と応じた金兵衛が、

「そうだ、婿どの。神保小路の暮らしが落ち着いたら、正睦様と照埜《てるの》様のお顔を見に皆で関前に行ったらどうだえ。もはや睦月も西国くらいまで旅ができよう」

という言葉に、磐音は静かに頷いた。

(そのような機会が訪れようか)

磐音は、尚武館引っ越しのあとに控える大事に思いを馳せていた。


翌日、朝稽古の前に磐音は真剣を使い、庭で空也に直心影流の法定四本之形の八相、一刀両断、右転左転、長短一味を丁寧に教えた。

神保小路の新しい尚武館の道場開きの催しとして、父子で直心影流の極意の形を披露するための稽古だった。

「父上、この法定四本之形は流儀の極意でございますね」

この極意は木刀で行うのが決まりだ。だが、磐音は真剣での形を命じたのだ。

「いかにもさようじゃ」

「私のような未だ直心影流の初心者に教えてよいのでございますか」

「形は流儀の技を伝えるものではない。流儀の考え方、精神を伝えるものじゃ。空也に限らず門弟衆に求められれば、だれにでも伝えよう。それを己のものにするのは厳しい繰り返しの稽古しかない。極意は形であり、心じゃ。父の伝えた形を空也が己のものにするまで何十年もかかろう。流儀の極意とはそのようなものじゃ」

「はい」

空也は返事をして、父の伝授する八相から一刀両断、右転左転、長短一味を、気持ちを込めて一つひとつ丁寧に繰り返した。

その稽古が終わったとき、磐音は、

「空也、道場開きの翌朝、そなたは神保小路に来ることはない。父を竹屋ノ渡し場にて待て。刻限は七つ（午前四時）じゃ」

と命じた。

空也が、

はっ

と驚きの表情を見せたが、なにも口にはしなかった。しばし心を静め、

「承知いたしました」

と答えた。

「このこと、母上にもだれにも言うてはならぬ」

と短く返事をした空也は磐音の顔を見て、その意を悟った。

「はい」


昼過ぎ、小梅村から最後の荷が運ばれていった。

おこんと睦月は朝方から神保小路に出向き、そちらでの暮らしがすぐに始められるように立ち働いていた。

今津屋のお佐紀が引っ越し祝いに贈ってくれた台所道具がすでに運び込まれていて、板の間に積んであった。鍋、釜類、大小様々な器、笊《ざる》、膳各種など、多彩で膨大な数であった。

「母上、大変な数の台所道具です。これを片付けるだけで大変です。座敷には夜具や季節の着物が柳行李に入ったまま山となって置かれています。暮らしが変わりなくできるようになるまでひと月はかかりそうです」

睦月が言うところに、今津屋のお佐紀が娘のお紀美《きみ》や何人もの女衆を連れて手伝いに来た。

「お紀美ちゃんだ」

と睦月が喜んだ。

「うちは男ばかりです」

と半ば諦めかけていたお佐紀は待望の娘を授かり、四年前、今津屋にお紀美が加わったのだ。

睦月にとって妹のような相手だった。

今津屋の女中頭のおかねが陣頭指揮をして台所の荷が解かれ、整理が始まった。

そこへ品川幾代とお有が十三歳のおいちを連れてきた。

先行して神保小路に泊まり込んでいた弥助ら男衆も加わり、神保小路の母屋と離れ屋がだんだんと形を整えていった。

お佐紀は仕事がはかどり始めたのを見て、米沢町に戻っていった。

夕暮れ前、なんと神保小路の坂崎家の片付けが大方終わった。品川家の幾代とお有も、手伝いの女衆も、掃除を済ませて早々に引き揚げていった。

「弥助様、道場はいかがですか」

おこんが弥助に尋ねた。

「おこん様、明日、尚武館の扁額が玄関の軒下に掲げられれば、もはや完璧にございます」

「それはようございました」

と答えたおこんが、

「弥助様方の賄《まかな》いはどうしておられますか。この界隈は武家地ゆえ、食べ物屋もありますまい」

「それが今津屋から握り飯や菜が届きまして、わっしらは大助かりでございますよ」

「それは知らなかったわ」

「いえ、おこん様に申し上げてよいことかどうか、今津屋さんでは尚武館再興のお祝いも考えておいでのようで、お佐紀様が早々に戻られたのはそのせいでございますよ」

「私ども、引っ越しのことで頭が一杯で、道場開きのことまで気も手も回りませんでした。お佐紀様にお礼を申し上げなければ」

おこんは、大所帯になればなるほどいろいろな人々の親切や厚意があって、暮らしが成り立っていることに、改めて気付かされた。

(どのようにしてお返しすればよいかしら)

と思いながら、

「弥助様、あと一晩辛抱してくださいね。明日には小梅村から引っ越してきますから」

とおこんが言い残し、帰り仕度をした。

「霧子さんがいれば、弥助様の気持ちもだいぶ楽だったでしょうに」

「嫁に出した男親の気持ちはこんなものですかね」

弥助が苦笑いした。

「とにかく、神保小路の尚武館を出てから長い旅でした。その旅がようやく明日で終わります」

「へえ、果てのない旅路も、いつの日か終わりを迎えるのでございますね」

「尚武館の扁額とご先祖様の位牌を移せば、私たちの旅は終わるのです。あとは若い方々にお任せしましょう」

「坂崎磐音という御仁の周りには、不思議なくらい人が集まってくるのでございますよ。その人たちが坂崎磐音様を放ってはおかれますまい」

「死ぬまで働かされるのですか」

「そういうことでございますかね」

弥助の口調はさばさばしていた。

磐音は、空也を手伝わせて仏壇の位牌をいったん小机の上に下ろし、乾いた布で丁寧に拭《ぬぐ》っていた。その様子を金兵衛が、かたわらで黙って見ていた。

磐音は己が書いた字を久しぶりに繁々と見詰めた。

金兵衛長屋の近くに住む大工の棟梁から貰ってきた白木の木っ端《こぱ》に認めた河出慎之輔、舞《まい》、小林琴平の位牌だった。

「空也にはきちんと話したことはないか」

「関前の爺上様と婆上様から、どなたのお位牌かは教えていただきましたが、父上から詳しいお話を伺うた覚えはございません」

「奈緒の姉である舞どのは慎之輔の嫁であった。河出慎之輔と、舞と奈緒の兄の小林琴平、そしてそれがしの三人は、豊後関前藩の家臣にして幼馴染みであった……」

磐音は手造りの位牌を布で拭いながら、明和九年の初夏、江戸から国許に戻った三人を待ち受けていた悲劇を空也に語り聞かせた。

金兵衛は承知の話を黙って聞いていた。

空也は、言葉を失ったように父の一言一句を聞き逃すまいと謹聴していた。

差し障りのある部分を除き、およその話を終えたとき、半刻以上が過ぎて、いつしか夕暮れが訪れていた。

その間、三柱の位牌を磐音は布で拭いつづけていた。

「父は、上意討ちとはいえ、舞どのと奈緒の兄である小林琴平を殺《あや》めた人間じゃ。妹の奈緒を嫁にできようか。そのことを周りも許してはくれなかったであろう。小林家は取り潰しに遭《あ》い、父は関前藩を出たのじゃ」

「それでよ、うちに、深川六間堀の金兵衛長屋に転がり込んできたというわけだ。少しばかり気持ちが落ち着いたとき、この位牌を手造りしたんだ。空也、おまえさんの父は偉い人間だぞ。家基様の剣術指南だからじゃねえ、たった独りで一番の難儀を背負って歩き続けてきたからだ。だから偉いんだ。分かるな、空也」

「爺様、分かります」

「関前藩に騒ぎがなければよ、小林琴平様も河出慎之輔様も舞様も生きておられたんだ。とすれば、坂崎磐音は、おこんには出会わなかったし、おまえさんも睦月も生まれていなかった。だがな、人間って輩《やから》は考えどおりにはいかねえもんだ。これがさ、おまえさんの親父様がよく言う『運命《さだめ》』というものかね」

「舅どの、いかにも坂崎磐音の半生は運命に従い、生きてきただけにござる」

「だがよ、婿どの。運命に従って転落していく人間もいる。一方、友を殺めた罪を背負いながら江戸に出て、鰻割きの浪人から西の丸徳川家基様の剣術指南に就いた御仁もいる。運命をものにするのも手放すのも、その人間の度量と技量よ。空也、おまえさんの親父様はその才があったゆえ、明日から始まる新しい『尚武館』の再興をやってのけたんだ。分かるな」

「分かります、爺様」

「その尚武館のよ、跡継ぎになるのは、坂崎磐音が佐々木玲圓の跡継ぎになったときより大変だぞ。空也、覚悟はいいな」

「はい」

　空也の返事は潔かった。

　そのとき、小梅村の船着場に舟が着いた気配がして、シロとヤマの嬉しそうな吠え声が母屋に伝わってきた。

「慎之輔、舞どの、琴平。明日、神保小路に戻ることになるぞ」

　と磐音が言い聞かせるように三柱の位牌に話しかけた。すると小林琴平の声が磐音の耳に響いた。

（磐音、もはや旅はよい。われらを関前藩に連れ帰ってくれぬか。そなたの肩の荷を下ろさせたいでな）

磐音は首肯した。

「父上、遅くなりました。今津屋のお紀美ちゃんと品川家のおいちさんが神保小路に手伝いに見えましたよ」

と睦月の声がして、おこんと右近らが姿を見せた。

小梅村最後の夜が始まろうとしていた。

三

夜明け前、小梅村の尚武館坂崎道場の船着場から坂崎一家を乗せた猪牙舟が出た。櫓を漕ぐのは空也だ。さらに『尚武館道場』の扁額を載せた荷船がそれに続いた。

そのとき、どこからともなく美声が響いた。

「坂崎磐音様ぁー、おこん様ぁー、空也様ぁー、睦月様ぁー、いつなりとも小梅村はご一家の来訪をお待ちしていますよぉー」

竹屋ノ渡しの茶屋の女将おみさの美声だ。

睦月が手を振り、シロとヤマが声の主へと尻尾《しっぽ》を振って応えた。

神保小路の直心影流尚武館道場に、久しぶりの緊張と活気が戻ってきた。

神保小路はもちろんのこと、尚武館の敷地内は塵《ちり》一つなく掃き清められ、速水左近、依田鐘四郎をはじめとする旧尚武館時代からの門弟衆、普請奉行の音峰余三郎、そして、福坂俊次らを含めたただ今の門弟たち、今津屋吉右衛門らが玄関前に集い、再興の旗印ともいえるものの到着を待ち受けていた。

そこへ小梅村の道場から外された扁額が布に包まれ、速水右近、羽田六平太《はだろっぺいた》、井上正太、空也ら四人が長丸棒に下げて運んできた。その扁額の両脇は田丸輝信、神原辰之助らに守られ、再興された尚武館道場の表門を潜った。

速水左近や磐音が無言で見守る中、式台の前で右近ら四人の肩から棒が外され、包んでいた布が剝《は》がされた。

だれもがそれぞれの感慨に浸っていた。

旧尚武館に扁額が掛けられたのは安永六年のことであった。

佐々木家の敷地の中から掘り出された埋もれ木に『尚武館道場』の五文字を揮毫したのは、今は亡き、東叡山寛永寺円頓院の座主天慧師であった。

その折り磐音は、まさかその円頓院の墓地に家基が眠ることになろうとは考えもしなかった。その上、家基に殉じた佐々木玲圓は、円頓院近くの寒松院の隠し墓に埋葬された。

思い出多き扁額が、普請奉行の音峰と大工の棟梁銀五郎の指揮のもと、大工と門弟たちの手によって道場の玄関上に掛けられた。

その瞬間、静かな拍手が起こり、全員が手を叩きながら無言で扁額を見上げた。

磐音は全員に深々と一礼すると、普請奉行音峰余三郎と銀五郎に、

「ご苦労にございました。われら、新たなる尚武館道場に魂を入れるべく、明日より稽古と修行に励みます」

と礼を述べた。

音峰がいささか上気した顔で、

「坂崎磐音先生、あるべき場所にあるべき道場がある。われら、その普請に関わったこと、光栄に存ずる」

と言葉を返して、再び静かな拍手が起こった。

全員が扁額の下を潜って道場に入った。

神棚には榊《さかき》が捧げられ、その前には鮑《あわび》、栗、昆布など戦国時代の出陣に備えられた三品が供されていた。

「この敵を打ち鮑、この戦に勝ち栗、よろ昆布」

というわけだ。

広い道場は清々《すがすが》しくも霊気が漂っていた。

磐音は無言で道場を見回した。田沼意次の命で尚武館佐々木道場が潰され、磐音らは神保小路から放逐された。さらに江戸を離れ流浪の旅に出たことも天が尚武館と磐音らに与えた、

「試練」

であり、

「運命」

であったと感じていた。苦難に見舞われ、踏み潰された尚武館は、強靭な精神を身につけて神保小路に戻ってきたのだ。

磐音は見所に置かれた刀架に五条国永を架け、短刀の越前康継だけを腰に差して神棚に向かい、柏手《かしわで》を打った。その音が快くも道場に響き、磐音に従い、全員が拝礼した。

「神保小路によう戻ってこられましたな」

感慨深げな顔の今津屋吉右衛門が磐音に洩らした。

「吉右衛門どの、お蔭さまで戻ってくることができました」

磐音の言葉に吉右衛門が頷いた。そこへおこんら女衆が角樽《つのだる》を提げ、一合枡を運んできた。

「明日が新たなる尚武館道場の柿落《こけらお》としにございますが、本日は普請が無事完成し、扁額が掲げられた祝いにございます」

見所に車座になった磐音らが祝杯を上げた。

寛政五年二月二十四日の昼下がりのことだった。

明日の柿落としを控え、速水左近らは祝杯を上げたのち、早々に引き揚げていった。

弥助らは柿落としに遺漏がないよう敷地内を念入りに点検し、またおこんら女衆も明日の仕度のために母屋に姿を消した。

広い道場に残ったのは磐音と空也だけであった。

「空也、法定四本之形を稽古しておこうか」

「ならば木刀を持ってきます」

「いや、こたびも真剣で形稽古を行おう」

磐音が空也に命じた。

本来、直心影流の極意、法定四本之形伝開は木刀で行う。だが磐音は、空也に真剣での伝開を伝えておこうと思った。

「畏まりました」

空也は壁の刀架に架けていた剣を腰帯に戻した。

磐音は五条国永を短刀越前康継のかたわらに差した。

二人は神棚に拝礼し、向かい合った。

むろん上位の打太刀《うちだち》は磐音であり、初心、下位の者が務める仕太刀《しだち》が空也であった。

双方が定寸《じようすん》の木刀三本分の間合いで一歩前に出て座す。

座に付けて右手にて刃を左に向けて剣をとり、左手は膝に静かに置いた。

打太刀に倣《なら》い、仕太刀も同じ動作をゆるゆると繰り返した。

磐音が立ち、左右の足は八文字に開き、五条国永の柄《つか》を軽く茶巾《ちやきん》を絞るように持つと空也の面へと切っ先を付けた。

空也も父の動きに倣って磐音の面へと付けた。

磐音が正眼に付けた国永の柄から左手を離し、その手の親指と人差し指を軽く伸ばして残った三指は卵を握るが如《ごと》く閉じ、剣の鎺《はばき》に添えた。国永を頭上に高く上げ、左から右へ日輪が昇るが如くに半円を描く。

この動きは一円相《いちえんそう》のうち上半円だ。

師匠の父親の動きを空也は見つつ、わずかに遅れて同じ上半円を形づくった。

いつの間にか、明日の柿落としの点検を終えて道場を覗いた速水右近らが、父と子の法定四本之形の稽古を板壁際に座して見物していた。

打太刀の磐音が右足を引きながら国永を斜に構えた。さらに斜よりゆったりと遡上《そじょう》する鮎《あゆ》のように上段へと上げつつ、左足をわずかに出し、さらに右足を、今度は十分に踏み込みながら、

「やーぁ、えーい」

と声を上げて打ち込む。

初めて尚武館道場に響く気合いであり、この太刀打ちが、

「八相、発破」

の由来であり、磐音が打ち込む太刀を初心の空也が八相より「後の先」にて発して破るゆえ名づけられたものだ。

むろん国永と空也の剣が交わることはない。ゆったりとしながらも緩《ゆる》みのない

二振りの剣が仮想の一点で交わり、次なる動きへと展開していく。

右近らは明日、披露される直心影流の極意を見ることはない。

柿落としに招かれた客や古い門弟衆の接待のために、見ることができないからだ。

上半円で描かれた一円相は下半円へと続き、上半円と下半円の動きを合わせて、

「一円相」

が完成した。

坂崎父子の直心影流極意を見物する一人に向田源兵衛がいた。

(なんということか)

一子相伝ともいえる極意を坂崎磐音は空也に伝えながらも、他の門弟たちが見物することを許していた。そして、明日には招かれた客の前でそれを披露するという。

剣術の流儀の多くが、

「秘伝、極意」

を持つ。そして秘伝、極意は決められた人間のほかに伝えられることはない。

それを坂崎磐音は、大勢の門弟の前で披露していた。

（なんという人物か）

江戸剣術界の頂点を極めた佐々木玲圓が、数多《あまた》の門弟の中から後継に坂崎磐音を選んだ理由を、向田源兵衛は今はっきりと理解した。

「奥義」を隠し、有難がる流儀流派を、殴られ屋稼業の向田源兵衛は諸国を流浪する歳月に見てきた。極意を秘伝として限られた嫡子や門弟に伝えるのは、流儀流派の権威を守るための方策だ。謂れのないことではない。だが、剣術本来の意味からいえば、

「無益」

な行為と思えた。

坂崎磐音は空也に直心影流の極意を伝えると同時に、門弟たちにも公開していた。

秘伝、極意がいかなるものか、門弟衆一人ひとりが思考し、解釈するものと考えているからであろう、と向田源兵衛は理解した。

坂崎磐音は、法定四本之形を幾たびとなく稽古し、解釈を深めてきたのだ。

そのことを、言葉ではなく体の動きで空也や門弟たちに教えていた。

見物する客分、門弟衆の中で坂崎磐音の解釈と動きの領域に達する者が、何年後か、何十年後かに出てくるのか。

向田源兵衛は、空也がこの極意を継ぐただ一人の剣術家であろうと思った。

濃密な刻が流れて、いつしか極意の四本之形が終わっていた。

磐音が鞘に納めた五条国永と空也の藤原忠広を二振り揃え、鞘の鐺《こじり》を下に左小脇に抱えると、空也を伴って神前に向かい、二剣を捧げて安置し、拝礼をした。

ふうっ

広い道場に思わず溜息が洩れた。

尚武館の扁額が掛けられ、一日早く坂崎父子の奥義伝開が披露された瞬間、新生尚武館に魂が入ったのだ。

(神聖なる刻が終わった)

向田源兵衛は、黙礼すると道場の外に出て、大きく息を吸った。

すると長屋門の前で、小田平助と弥助が、尚武館の新しい番犬となったシロとヤマの小屋を片番所の一隅に据えていた。

「磐音先生と空也さんの稽古は終わったとな」

平助が向田源兵衛に訊いた。

源兵衛が無言で頷いた。

「どげんやったと」

「なにも言葉にすることはございません。己の人間の小ささを、坂崎磐音先生と空也さんが教えてくだされた」

「それでよか」

と小田平助が笑顔で答えた。

「平助どのと弥助どのは、なぜご覧にならなかったのですか」

「弥助さんの気持ちは分からんばってん、わしははっきりしとるたい。人間には分があると。わしが先生と空也さんの極意を見てん、いっちょん分からんたい。わしはわしの分の中でくさ、生きていくと」

潔い平助の言葉に弥助は頷いたが、なにも口にはしなかった。

「小田平助どのも弥助どのもまた器が大きゅうござるな」

「そりゃ、向田さんくさ、わしらを買い被《かぶ》っとるごたる。どげんね、弥助さん」

「いかにもいかにも。長いこと坂崎磐音様のかたわらにいると、どのようなことも慌てず騒がず、動ずることだけはないな」

と洩らした。

「向田様」

と空也の声がして、

「小梅村組は帰りますよ」

と叫んだ。

「おーい、シロとヤマ、これからはしっかりと尚武館の番犬を務めるのだぞ」

空也が十四歳の少年に戻り、仔犬に声をかけた。

二匹の仔犬は母親から引き離されたことを知らぬげに、空也の手をぺろぺろと舐《な》めていた。

「空也、金兵衛さんの夕餉のお菜はこの包みです。あなた方のものは六平太さんに渡してあります。あちらでも早苗さんが夕餉の仕度をしていると思いますが、帰り舟で食べていきなさい」

おこんが金兵衛の好物の野菜の煮物が入った丼を、風呂敷に包んで空也に渡した。

「母上、また明日」

空也は包みを抱えると、田丸輝信や向田源兵衛らとともにさっさと尚武館を出ていった。

「なんだか寂しいわね」

おこんの呟きが平助と弥助に聞こえた。

「親父様の金兵衛さんも空也さんも小梅村に残られ、われら三助年寄りだけが神保小路に戻ってきましたよ、おこん様」

「ふっふっふ」

とおこんが笑い、

「致し方ないか」

と深川六間堀の娘時代に戻ったような言葉遣いで言った。

「おこん様、仕方なかたいね。こればっかりはくさ」

「小田様の言われるこればっかりの意味は分からないけど、致し方ないわね」

と繰り返したおこんが、尚武館道場から母屋へと戻っていった。

　輝信らは神田川の昌平橋際に留めていた小舟に乗ると、羽田六平太が櫓を握った。空也、輝信、小野寺元三郎《おのでらげんざぶろう》に向田源兵衛の五人の重さで、猪牙舟は喫水《きっすい》ぎりぎりだった。神田川の流れに任せて大川との合流部へ向かう。

「われらと違うて、空也どのは明日から毎日神保小路通いですぞ」

輝信が言った。

「雨風のときは小梅村の道場で稽古をすればよいでしょう」

櫓を漕ぐ六平太が空也に言った。

「そうですね」

相槌《あいづち》を打った空也だが、一日たりとも休む気はない。それが両親に誓った約定だからだ。

「空也さん、尋ねてよいか」

と向田源兵衛が訊いた。

「なんでしょうか」

「最前の極意は、何年も前から先生に教えられたのでござるか」

「いえ、昨日の朝、小梅村の庭でひととおり父の動きに倣ったのが最初です。ですが子供の頃から、父が独り稽古をするところを見てきましたから、なんとなく覚えておりました」

もちろん、寒松院にある佐々木家の隠し墓の前で初めて教えられたことは口にしなかった。

「どう思う、あのゆったりとした形は。実戦に役立つであろうか」

羽田六平太が首を捻った。

「六平太さん、役に立つかどうかなんて私には分かりません。ですが、直心影流を修行する者には最後の到達点だそうです。これからも何度も繰り返し、稽古することになりそうです」

と空也が答えた。

（やはり器が違う）

と向田源兵衛は思った。

田丸輝信もまた尚武館道場再興に際して、一つの選択を迫られた門弟の一人だった。師範代の一人として神保小路の尚武館道場に行く道もなかったわけではない。だが、小梅村に尚武館の坂崎道場が残るかぎり、だれかが指導しなければならない。

輝信は小梅村で弟弟子たちを教え、才があり、それを望む者には神保小路に送り出す務めを果たそうと思った。

早苗の腹には子が宿っていた。

義父武左衛門も義母勢津《せつ》も、小梅村の磐城平藩安藤家の下屋敷の長屋に住んでいた。小梅村の尚武館坂崎道場は、十幾人かの若い門弟たちにとってはなくてはならない修行の場であった。

また空也にとっては、

「故郷」

に等しい場所だった。その空也も祖父の金兵衛の気持ちを慮り、小梅村に残ることを決意したのだ。

なんぞあれば、小梅村尚武館坂崎道場は必ず役に立つ。ならば守るべき人間が要ると輝信は思った。

おこんは夕餉の前、ふと離れ屋との間の渡り廊下に立ち、白桐と老桜を眺めていた。

銀五郎親方から贈られた白桐は、幹元が五寸を超えていた。

(睦月が嫁に行く折りには、箪笥の材になるほど大きく成長しているかしら)

おこんは消えていった尚武館佐々木道場と、再興された尚武館との間に横たわる歳月に想いを馳せていた。

「母上、夕餉の仕度が整っております」

と呼びに来た睦月が、

「なにを見ておいででした」

と尋ねた。

おこんは白桐の謂れを話して聞かせた。

「えっ、楝梁が私のために植えてくださった桐ですか。嫁入り道具のために切るなんて可哀想《かわいそう》です。だって長いことぽつんと待っていてくれたのでしょう」

「そうね、切るのは切ないわね」

おこんは白桐の幹をぽんぽんと叩いて桜に視線を移した。

「あら、もう蕾が膨らんでいるわ。十日もすれば、きっと桜の花が咲くわね。ぱあっと明るくなるわよ」

おこんは、嫁入り姿の自分を歓迎するかのように咲いていた老桜を懐かしげに見上げた。

四

二月二十五日夜明け、坂崎磐音は湯殿で水を被って斎戒沐浴し、身を清めた。

おこんが用意していた真新しい白の稽古着に袖《そで》を通して仏間に入った。

佐々木玲圓、おえいをはじめとする佐々木家の先祖に灯明を灯し、線香を手向けると、神保小路の直心影流尚武館道場の再出発を報告し、十四年にわたる長い不在を詫びた。

その足で母屋を出ると、旧松宮家の庭を抜けて尚武館道場に立った。すでに篝《かがり》火《び》が焚《た》かれ、道場の内外は綺麗《きれい》に掃き掃除が終わっていた。

「父上、お早うございます」

小梅村から神田川の昌平橋の船着場まで猪牙舟で駆けつけてきた空也が、こちらも新しい稽古着で磐音に挨拶した。

「空也、通えそうか」

「大丈夫です」

空也の返事は短かったが、決意が漲《みなぎ》っていた。

「道場にはすでに祖父時代の門弟衆をはじめ、大勢の方々がお待ちです」

磐音は頷くと、尚武館の扁額に向かって一礼し、式台を上がって道場に通った。

すると煌々《こうこう》と灯《あか》りが灯された道場にて、磐音の大先輩にあたる門弟衆や依田鐘四郎の倅、十二歳の吉鐘《よしかね》ら十代の新入りまでおよそ七十余人が稽古着姿で、道場主坂崎磐音を待ち受けていた。

磐音は見所下に座し、神棚に向かった。

その場に集ったすべての者が磐音に倣い、神棚に向き合って拝礼した。

磐音は座したまま門弟衆と向き合うと、数拍間を置いて話し出した。

「神保小路から直心影流尚武館佐々木道場が消えて長い歳月が過ぎ、その間、ご一統様にはご心配をおかけ申しました。こたび、新たなる尚武館道場の再興がなりました。一旦は途絶えた佐々木玲圓の志を継いで、本日より新たなる灯りを灯します」

磐音は宣言し、一同を見廻した。見知った顔の中に十数年の空白がある者もいて、顔の皺に過ぎ去った歳月を刻みつけていた。

「われら剣術家の挨拶は、木刀や竹刀を交えての立ち合い稽古にございます。佐々木家代々の先祖の霊が見守る道場で稽古を始めましょうか」

磐音の挨拶に、

「おーっ」

という力強い返事で応じて一同が立ち上がった。

「まずはゆっくりと体を動かし、緊張を解《ほぐ》してくだされ」

磐音は木刀を手に、神棚に向かってゆっくりとした動作で素振《すぶ》りを繰り返した。

眠っていた体の細胞が目覚め、蘇るのが分かった。

「磐音先生、老体にご指導を願えますか」

馴染みの声が磐音を誘った。

家斉の懇請で再び幕閣に上がり、御側御用取次を務める速水左近だ。

玲圓の剣友であった速水左近とは、関前藩を離れて浪々の身となった磐音が江戸に戻ってから二年後の安永三年（一七七四）、当時本多《ほんだ》姓であった依田鐘四郎に紹介され、出会っていた。以来、長い歳月、苦楽をともにしてきた間柄だ。

尚武館道場が神保小路に戻ってこられたのも、速水左近なくしては考えられないことだった。

「速水様、お願いいたします」

速水と磐音は、直心影流の稽古法定に従い、木刀を構え合った。

法定とは「木刀の形」を指した。だが、稽古法定は稽古の際の規定やさだめを指した。直心影流の基となる心得であり、儀式ともいえた。

また極意の法定四本之形も木刀で行う。

打太刀は道場主の坂崎磐音ゆえ神前に向かって右に位置し、仕太刀の速水と対峙した。

二人が木刀を相正眼に構えたとき、体の中から感慨が静かに湧《わ》き上がってきた。いったんは潰された神保小路の尚武館道場が再興なったのだ。坂崎磐音と速水左近がだれよりも待ち望んでいたことだった。

無言の稽古は、五箇条に従い、粛々と進んでいった。

もはや二人の間に改めて交わすべき言葉などなかった。互いに一礼し、神棚にさらに一礼したとき、尚武館再興の挨拶は終わった。

磐音の前に古い門弟衆が姿を見せ、次々に稽古を願った。

静かな熱を帯びた刻が流れていき、四百畳に三百人を超える門弟衆が集って、久しぶりの神保小路の感触を確かめていた。

いつの間にか朝明けを迎え、道場の灯りは弥助や平助が消していた。

最前まで道場にあった速水左近の姿が消えていた。

磐音の前に神原辰之助が姿を見せ、

「先生、速水左近様からの言付けにございます。法定四本之形伝開の仕度を願いますとのことでした」

道場主の坂崎磐音と後継の空也が行う極意披露が、道場開きの唯一最大の行事であった。このことは速水左近に相談していた。

「承知仕りました、とお伝えくだされ」

と願った磐音は最古参の師範依田鐘四郎を呼び、いったん稽古の中断を願った。その上で空也を呼び、本来は木刀で行う極意の形を、磐音は五条国永で打太刀を務め、一方空也は、佐々木玲圓が遺した刀の中から磐音が選んだ、古刀の風格を力強さの中に醸し出す藤原忠広にて仕太刀を務めることにした。

何度か稽古をした刀でもあった。

稽古をしていた門弟衆が見所を挟んで左右の壁際に居流れて座した。さらに新たに継裃や羽織袴の武家方が、見所の左右の入口から入ってきて座した。

神棚に向かい右に座した磐音、そして初心の空也は左に座し、神棚に一礼した。父と子が向かい合い、立ち上がろうとした瞬間、道場の上手から威儀を正した速水左近が姿を見せ、敷居を跨《また》ぐとかたわらに避けた。

すると一人の若い武家が入ってきて、つかつかと見所の上段の間に上がり、悠然と道場内を見回し、座した。

十一代将軍徳川家斉だった。

門弟の中には代々の佐々木道場と関わりが深い尾張《おわり》、紀伊《きい》、水戸《みと》御三家の家臣もいたし、大名諸家の家臣も直参旗本の子弟もいた。むろん磐音の旧藩関前藩の跡継ぎ、福坂俊次も門弟の一人としてその場に座していた。

だが、尚武館道場の道場開きに家斉が姿を見せるなど、だれ一人として想像だにしていなかった。

虚を衝かれた感で息を呑み、道場内に静かな驚きが広がった。だが、さすがに言葉を洩らす者はいない。

磐音は家斉に体の向きを直し、一礼した。それに空也も倣った。

「坂崎磐音、本日は目出度いのう。速水左近からそなたら父子が直心影流の極意、法定四本之形を披露すると聞いたで、見物に参った」

「はっ」

と応えた磐音が、

「上様、恐れながら申し上げます。直心影流の法定四本之形は、本来木刀にて行うものにございます。されど本日は、神保小路に尚武館道場再興をお許しくだされた上様のご厚意に感謝申し上げ、徳川一門の益々のご隆盛とご繁栄を願い、いささか異例ながら邪気を払い奉るよう真剣にて執《と》り行う所存にございます。上様、お許しいただけましょうか」

家斉の視線が空也にいった。

「父の相手を空也が務めるか」

「はい」

「真剣じゃぞ」

「父坂崎磐音の跡を継ぐ空也にございます。未熟な剣術家とは申せ、いつなんどき、どのような場で命を落とそうとも覚悟の前にございます」

「空也、その言やよし。予に披露してみよ」

「はっ」

空也が家斉に一礼し、父に視線を戻して立ち上がった。

道場の真ん中に移動した父と子は再び座し、会釈をし合うと立ち上がった。木刀三本分の間合いにまで歩み寄った。

互いに腰から五条国永と藤原忠広を静かに抜き、相正眼に構えた。

二振りの刀が一円相を象《かたど》った。

優雅な時の流れの中で、国永と忠広が寸毫の間を以て攻め、受け、すれ違った。

神秘にして荘厳な極意披露であった。

一本目の形の八相から二本目の形の一刀両断へ、三本目の右転左転、さらに四本目の長短一味までゆるゆるとした動きの中に、寸毫の緩みもなく打太刀に仕太刀が応え、緊迫した時の流れを生み出していく。

道場に粛として声なく、家斉以下全員の眼が磐音の打太刀と空也の仕太刀の応酬を凝視していた。

空也は無心で父の動きを追った。むろん打太刀と仕太刀では動きが異なるところもあった。だが、子供の頃から父の独り稽古を見てきた空也の体に打太刀の動きは刻み込まれていた。

ゆえに無心に父の打太刀に応え終えた。

最後に国永と忠広を鞘に納め、神棚に向かって捧げる仕草で終えたとき、空也は脇の下に流れる汗を感じた。

だが、父を見ると涼しげな顔をしていた。

磐音が上段の間の家斉を見た。

「坂崎磐音。この極意、家基様に披露したかったのではないか」

思いがけない家斉の言葉だった。

「上様に申し上げます。人は天から授けられし運命《さだめ》に従い、生きるものかと存じます」

「家基様が亡くなられたゆえ、この家斉が十一代に就いたのも運命か」

「上様がお持ちの御運もまた天の定めるところかと存じます」

「坂崎磐音、運命にはだれしも逆らえぬものか」

「いえ、人の運命はその者の修行や考え、努力によって変ずることもございましょう。われら剣術家も己の才のなきことを嘆きつつも、修行することで変わり得るかと存じます」

家斉が頷き、

「神保小路の尚武館もいいが、小梅村はなんとも長閑と聞いた。この次は小梅村の尚武館に立ち寄るぞ」

「いつなんどきにてもお待ち申しております」

「うむ」

と磐音に返事をした家斉が上段の間に立ち、

「空也、よう父に従うたな。そのほうの仕太刀、見事であった」

「父とは比べようもございませぬ。私は父の法定四本之形の動きをなぞっただけにございます。未だ魂が籠っておりませぬ」

「空也、十四であったな。その歳で極意を会得されてたまるものか」

家斉がどこか満足げに笑った。

「それにしても祖父や父を超えるには、余程の修行がいるぞ」

「いつの日にか」

「超えてみせるというか」

「はい」

「その言葉、生涯忘れるでない」

との言葉を残して、来たときと同様、家斉が尚武館を去っていった。

磐音らが見送る余裕もないほどの、疾風のような家斉の動きであった。そして、家斉に随行すべき老中首座松平定信の姿がないことに、磐音は想いを馳せていた。


磐音が尚武館道場の柿落としから母屋に戻ったのは、昼下がり八つ（午後二時）の刻限であった。

「お疲れさまにございました」

とおこんが出迎えた。

「聞き及んだか」

「はい」

おこんが答えた。

磐音がおこんに質したのは、むろん将軍家斉が尚武館道場の柿落としに姿を見せたことだった。

「空也が興奮を抑えきれない様子で、上様がこの次は小梅村に参ると仰せられました、と教えてくれました」

「つい家基様の面影と家斉様が重なってしもうた。先祖は吉宗様に辿り着くゆえ、容姿が重なってもおかしくはあるまいが」

神保小路の尚武館道場は家斉のお声がかりで再興となった。

本日の家斉の来訪で、幕府公認の道場であることを早晩満天下に知らしめることになるだろう。それが剣術家坂崎磐音にとって、そして、空也にとってよきことかどうか、磐音には分からなかった。

(運命に従うしかあるまい)

と己に言い聞かせた。

道場では、神原辰之助ら住み込み門弟衆が最後の片付けをしていた。だれもが、家斉が尚武館の柿落としをお忍びで見物に来たことに、未だ驚きと感動を禁じ得ずにいた。

「辰之助さん、小梅村が懐かしいです」

井上正太がぽつりと言った。

正太は小梅村に残る門弟の一人だが、神保小路の尚武館が落ち着くまでこちらに寝泊まりして稽古を続けることになっていた。

話しかけられた神原辰之助には正太の気持ちがよく分かった。

神保小路の尚武館道場は、家斉が姿を見せたことで、江戸有数の剣道場の地位を一日にして蘇らせたのだ。明日から直参旗本や大名諸家の子弟、家臣たちが稽古に詰めかけるであろう、と思われた。

辰之助は正太に頷き返しながら、

「磐音先生と空也どのは、その背にずしりと重き荷を負わされたのではなかろうか。われらが少しでも軽くする手伝いができるとよいがな」

と答えながら、この場に松平辰平と重富利次郎がいれば、どれほど心強いことかと思った。そして、尚武館を支えていくのはわれらなのだ、と辰之助は己に言い聞かせた。

「辰之助さんや、門前の掃き掃除も終わったばい。田丸輝信さんも空也さんもくさ、母屋の先生に挨拶して小梅村に戻るげな」

小田平助が姿を見せた。

「小田様、尚武館も十数年前の稽古に戻らねばなりませんね」

「ああ、わしが神保小路に転がり込んだ折りは、未だ玲圓大先生も存命でくさ、辰之助さん方も若かったたい。なにがあろうと歳月だけは等しく流れていくもんね。こん小田平助も十分に歳をとったばい」

「小田様、まだまだ元気でわれらに指導を続けてください」

「辰之助さん、今日のことはあんまり考えすぎてもいけんたい。尚武館道場は直心影流の修行の場。そしてくさ、道場主は坂崎磐音様たい。それが肝心要《かなめ》のことたいね」

平助の言葉を嚙《か》みしめるように聞いた辰之助が、

「いかにもそうでした」

と答え、

「おーい、少し体を動かさぬか」

と住み込み門弟たちに声をかけた。

神田川を小舟が下っていた。

空也が櫓を握り、田丸輝信、羽田六平太ら小梅村残留組が乗っていた。

「なんだか、尚武館が遠くに去ったような気がするな」

恒柿智之助《つねかきとものすけ》がぽつんと呟いた。

「いや、そのような考えではいかぬぞ。小梅村の尚武館坂崎道場が意気盛んということをわれらが示さねばなるまい」

田丸輝信が応じたが、声に疲れがあった。

「師範代、どうしたんです」

六平太が輝信に尋ねた。

「正直言うとな、辰之助は大変であろうと思うたのだ。あの尚武館の構え、大所帯、明日から江戸じゅうの剣術家が押しかけると思わぬか。それがしは小梅村に残ってよかったとしみじみ思うたところだ」

「師範代、辰之助さんなら大丈夫ですよ。きっと父を助けて師範代を務められます。私どもはどこにいても剣術の修行をなす、稽古を続ける、それだけのことです」

空也が櫓を漕ぎながら言った。

「空也どの」

輝信が櫓を漕ぐ空也を見た。

「大丈夫です。父が、坂崎磐音がすべてを見ております」

「そなたはその跡を継ぐのじゃぞ」

「はい」

と答えた空也が、

「そのためには、無心で修行に励む何年、何十年もの歳月が私どもの前に立ちはだかっています。大きな壁は一気に乗り越えることはできません。足がかりを一つひとつ得ていくしか道はございませんよ」

「空也どのを十四の少年と思うてはならぬな。なにやらこの田丸輝信が小さな虫けらのように思えてきた」

「輝信さん、師範代、それがくさ、人の器ちゅうもんたい。蟹《かに》は甲羅《こうら》に似せてくさ、穴を掘るもんたい。違うな」

小田平助の口真似をして智之助が言うのへ、

「そげんことそげんこと」

と六平太が応じた。

「よし、小梅村も小梅村なりに頑張るぞ!」

輝信が大声を張り上げた。
空也は櫓を漕ぎながら、
（明日を乗り越えなければ）
と考えていた。

第五章　十一年目の誓い

一

この日、空也は八つ半（午前三時）に目を覚ました。稽古着に着替え、肥前国近江大掾藤原忠広を手挟み、静かに自室を出た。

　小梅村の母屋には金兵衛と空也が寝ていた。

　空也の目覚めに気付いた金兵衛は、いつもより早いと思いながら厠に立った。

　空也は庭に出たが、堅木打ちの場を通り過ぎ、尚武館坂崎道場の敷地を通らぬように三囲稲荷に向かった。

　緑と水に囲まれた小梅村から須崎村一帯は深い眠りに就いていた。

　空也は、坂崎家にとって氏神様の三囲稲荷の門前に着くと、鳥居は潜らず稲荷の外をすたすたと三巡りした。

　その昔、神社は田圃《たんぼ》の中にあって「田中稲荷」と称されたそうな。文和《ぶんな》年間（一三五二〜五六）土中より老翁像が出て、白狐が三巡りしたとの言い伝えがあった。

空也は、竹屋ノ渡しの女将おみさにそんな謂れを聞いたことを思い出し、三巡りして社殿前に着くと姿勢を正し、三礼三拍手一拝をなした。

だが、胸中でなにか願いごとをしたわけではない。

勝負は、強い者が勝つとは限らない。時の利、天の運を摑《つか》んだ者が生き残るのだ。そして、勝ちを得た者は斃れた者の無念を負って生きてゆかねばならない、と空也は父に教えられた。

拝礼を終えた空也は、竹屋ノ渡し場に下りた。

渡し船は、葦原《あしはら》と流れの向こう岸にあった。

空也は土手を背に不動の姿勢で立った。

時を経ずして上流から人影が現れた。

空也はだれであるか分かっていた。

天真正伝神道流《てんしんしょうでんしんどう》の継承者土子順桂吉成であった。

父と死闘を繰り広げる相手に向かい、一礼した空也はその場に座した。

相手も礼を返した。

言葉は交わさない。

川下から櫓の音が響いてきた。

だんだんと櫓の音が近づき、葦原の向こうに胴の間に座る父が見えた。船頭は船宿川清の小吉だった。

猪牙舟が渡し場に着き、磐音が貧乏徳利《びんぼうどつくり》を提げて下りてきた。

「お待たせ申しましたか、土子どの」

「未だ約定の七つ前」

土子順桂が短く応じた。

「ならばお願いがござる」

貧乏徳利を提げた磐音が、つかつかと土子順桂に歩み寄った。戦う意思などまったく感じさせない所業であった。

もう一方の手で懐から茶碗を二つ出すと、一つを土子順桂に差し出した。

「一献《いっこん》酌み交わして十一年来の約定を決しようと思いましてな」

土子順桂は黙したまま、磐音から茶碗一つを受け取った。磐音が貧乏徳利の栓を抜き、土子の茶碗に半分ほど注ぎ、自らの茶碗にも同じ量を入れた。

磐音が先に口をつけた。

土子がそれを見て、香りを嗅ぎ、

「よい酒じゃ」

と洩らした。満足げに頷く磐音に、

「田沼意次様は江戸では世評悪しき老中でござったが、相良領内ではなかなか評判の殿様であった」

と土子順桂が告げた。感情の籠った言葉ではなかった。真実を淡々と報告する、そんな言い方であった。

磐音はなぜ田沼家に義理立てしてきたか、尋ねる気になった。

「土子どのはなんぞ縁がございましたか」

「それがしの家は相良領を支配した本多《ほんだ》家以来の下士でござってな。相良領に田沼意次様が封じられた宝暦《ほうれき》八年（一七五八）の折りも、本多家の下士を大勢雇い入れられたのだ。それがしは誘いを受けたが、代わりに弟の奉公を願うた。だがその弟めが国許にて、えらい失態をしでかしましてな。本来ならば打ち首になってもなんの文句も言えぬところ、偶《たま》さか相良に入っておられた田沼意知様の『下郎の首を落としたところで、どうなるものでもあるまい』とのお言葉に弟の命が助けられ申した」

「土子どのは、そのことを恩義に感じて、それがしを討つ刺客に志願なされましたか」

「両国橋でそなたらと出会うた折り、それがし、内儀《ないぎ》どのとあれにおられる幼き日の空也どのの姿を見て、剣者にはあるまじき憐憫《れんびん》をかけ申した。以来、十一年の歳月が流れた」

磐音は頷くと、残った酒を飲み干した。

土子順桂もゆっくりと味わうように飲み、背に負った道中嚢《どうちゅうのう》の紐《ひも》を解き、茶碗とともに足元に置いた。

竹屋ノ渡しの様子が一変した。

向田源兵衛は、小梅を連れて朝の散歩に出た。

長い放浪暮らしのせいで朝の目覚めは早かった。小梅村に落ち着いても体に染みついた感覚は消えないものだ。それに門番の季助や小田平助など朝の早い年寄りが神保小路に引っ越し、小梅の散歩は自分の役目と決めた。

三囲稲荷の裏から社殿に入り拝礼したあと、鳥居に向かったとき、向田源兵衛と小梅は異変に気付いた。

小梅の背の毛が逆立っていた。

わずかに東の空が白み始めていた。

向田源兵衛は小梅を宥《なだ》めながら鳥居を潜り土手道に出た。すると河原に三つの人影が、いや、船上にも人影が一つあり、その場に四人いることが窺えた。

流れに向かって正座した若者は空也だ。

坂崎磐音が貧乏徳利と茶碗を流れ近くに置いた。

白みゆく東の空に染められた隅田川の流れにしばし視線を預けていたが、くるり、と向き直った。

「土子順桂どの、お待たせ申した」

磐音が相手の武芸者の正面、三間ほどの間合いで向き合った。

(真剣勝負だ)

向田源兵衛は思いがけない光景に五体に震えが走った。興奮する小梅を抱くと、土手道にしゃがんだ。

相手は古強者の武芸者だ。破《や》れ笠《がさ》の紐を解くと、眼帯代わりに古銭の寛永通宝《かんえいつうほう》が左目を塞《ふさ》いでいた。

磐音は見える右目の前に身を置いていた。

片眼の視力を失ったのは、真剣勝負の結果であろうか。それにしても隻眼《せきがん》の武芸者が第一線にあることに向田源兵衛は敬意を感じた。

それも相手は直心影流の坂崎磐音だ。死を以て戦いは決すると思った。

空也は、父がこれまで生死を賭けて戦う相手と酒を酌み交わしてから立ち合ったことがあったであろうかと、考えていた。

(ない、なかったはずだ)

それほどの強敵なのだ。

間合いをとって対峙した両者が一礼した。

「立会人どの」

磐音が空也に視線を向けずに話しかけた。

「土子順桂吉成どのとの立ち合い、剣術家としての尋常の勝負である」

磐音が宣告した。すると土子も、

「勝負が終わった折り、道中嚢を改められよ。坂崎磐音どのとの勝負の謂れを認《したた》めてござる」

と磐音に呼応したように空也に申し述べ、空也が、

「ご両者、承知仕りました」

と甲高《かんだか》い声で答えた。

一拍、その場から互いが正視し合い、まず土子順桂吉成が黒塗りの色の剝げた鞘を払って正眼に置いた。その動きだけで土子が並々ならぬ力の持ち主と察せられた。

(父の坂崎磐音が真剣勝負の場に己を立ち会わせたのはなぜか)

空也は見ていた。

父は使い慣れた大包平《かねひら》の鍔《つば》の両側に左手の親指と人差し指を掛けた。そして、右手の掌を上にして柄《つか》の中ほどに静かに乗せた。初めて見る動きであった。

(なんと、父が居合術を使おうとしている)

これまで空也が一度も見たことのない構えだった。直心影流の形にもなかろうと思った。

父は考えがあって土子順桂との対決に、

「後の先」

を選び、相手の動きに合わせて抜附《ぬきつ》く一撃で勝負を決する心積もりだ。

その構えを見た土子順桂の表情にはなんの感情の変化もない。その代わり、自ら磐音のほうへと無造作に歩み寄り、木刀一本の間合いに詰めた。

磐音は右足をわずかに前に出し、重心を右足にかけた。空也は、七分ほどを右足に、残りの三分を左足に残したと思った。

背筋はぴーんとまっすぐに立っていた。

空也は得心した。

この姿勢ならば前後左右、自在に身をさばき、相手の予期せぬ動きにも対処できるのだと。同時に父は、剣者坂崎磐音は、

「一撃一殺」

を選んだのだと、推測した。そして、父は土子順桂の見えない左目ではなく右目の前に体を置いていることを察していた。

土子順桂も坂崎磐音も最初の構えのまま、互いの眼を凝視し、動かない。

時が流れていく。

竹屋ノ渡しに川面からだんだんと朝靄《あさもや》が立ち昇り、微光が差してきた。

土子の下半身も磐音の両足も靄に消えた。

上体だけで構え合っていた。

どれほどの刻が過ぎたか。

息詰まるような対峙であった。

動きがあった。

土子順桂の正眼の剣がゆるゆると発の構えへと移されていた。土子もまたこの戦いが一撃で決まることを承知していた。

隅田川に一艘の船が静かに漕ぎ上がってきて、竹屋ノ渡し場の対決を葦原の間から見ることになった。

南町奉行所年番方与力《ねんばんかたよりき》笹塚孫一《ささづかまごいち》と定廻《じょうまわ》り同心木下一郎太《きのしたいちろうた》だ。

磐音からの書状が笹塚に届いたのは昨日のことだ。

「二月二十六日、七つ過ぎ、三囲稲荷そばの竹屋ノ渡しにおいでを乞う」

との短い文面だった。

(なんと、対決を見よ)

という誘いの文であったか。

笹塚孫一は対決の邪魔をせぬよう船を止めさせた。

一郎太が息を呑んで対決を見守った。

それほど緊迫に満ちた対峙であった。

竹屋ノ渡しに静かに立ち昇る濃密な気配に、息苦しさを感じた生き物がいた。

向田源兵衛の両腕にそっと抱かれていた小梅が耐え切れず、

「くーんくん」

と小さな鳴き声を上げた。

その瞬間、気配も見せず土子順桂が間合いを詰めるやいなや、発の構えの剣を不動の磐音の肩口に鋭くも落とした。

空也は思わず、はっ、とした。

父は、坂崎磐音は動かない。

毫《ごう》の間が永久《とわ》に感じられた。そして、父の肩口に土子順桂の厚みのある刃が触れるのを感じた。

（あぁーっ）

船頭の小吉が思わず洩らした。

磐音が動いたのはその刻だ。

鍔に置かれた左手の親指が包平を押し出すようにして鯉口《こいぐち》を切った。

右手首がふわりと返され、一気に抜附かれた。

腰の前に一条の光が奔《はし》った。

空也にもその動きが定かに見えぬほど素早かった。

土子順桂の発からの振り下ろしとほぼ同時に、竹屋ノ渡しの朝の気を震わせた包平が脇腹から胸部へと斬《き》り上げた。

二つの体と二振りの剣が一つになり、動きを止めた。

朝の光も力を失い、隅田川の流れも止まった。

ふうっ
と息を吐いた土子順桂が動きを止め、立ち竦んだ。

ふうっ
ともう一度息を吐き、呟いた。

「見事なり、坂崎磐音どの」

磐音はその言葉に応えなかった。

ゆらり
と土子の体が揺れたが、踏み止まった。

当然届いているはずの発からの振り下ろしを制して、抜附きが寸毫早く土子順桂を襲っていた。

「坂崎どの、よ、余計なことじゃが、そ、そなたを狙う武芸者がおる。そ、それは旧藩の」

と言いかけた土子の顔が歪《ゆが》み、絶句した。そして皺の刻まれた顔に笑みを浮かべると、大木が崩れ落ちるように磐音の足元に転がった。

磐音は残心《ざんしん》の構えのままに土子順桂吉成の死を見届けた。そして、包平を引くと左手を柄に残して、右の拳で柄を叩き、血振りをして鞘に納めた。

姿勢を正して土子に向き直り、合掌した磐音の口からこの言葉が洩れた。

「忝うござる」

向田源兵衛は小梅を両腕に抱いて震えていた。

向田源兵衛ほどの歴戦の武芸者が五体を震わせていた。

(わしは所詮殴られ屋じゃ。坂崎磐音にも、相手をした武芸者の足元にも及ばぬ)

そう思った途端、両眼からぽたぽたと涙が零《こぼ》れ落ちてきた。

くんくん、と小梅が鳴いた。

向田源兵衛はしゃがんだまま、小梅を抱いて後ずさりし、三囲稲荷に逃げ込んだ。涙は哀《かな》しみの涙ではない、真の武芸者に出会った喜びの涙だった。

（坂崎磐音のもとでわしなりの頂きを目指そう）

と心に決めた覚悟の涙であった。

竹屋ノ渡し場に笹塚孫一と木下一郎太が乗った船が接岸した。

「坂崎磐音先生、勝負を見せるためにこの笹塚孫一を呼んだか」

「剣術家同士の尋常の勝負と知っていただきとうて、ご足労を願いました」

「相手はだれか」

「遠州《えんしゅう》相良領土子順桂吉成どのです。勝負の仔細は、土子どのの道中嚢に認められた書き付けがあると言い残されました」

「遠州相良とな、亡き田沼意次様の因縁か」

「いえ、最前も申しましたように、剣者の勝負にございます」

木下一郎太が土子順桂の道中嚢を開き、書き付けを取り出し、笹塚孫一に見せた。受け取った笹塚が書き付けを抜き、一読した。

「得心なされたか」

笹塚が小さく頷き、もう一度熟読した。

「骸《むくろ》は路傍に捨て置かれたく願い上げ候とある」

「ならば、検視の上、小梅村尚武館坂崎道場近くの常泉寺《じょうせんじ》に葬ることをお許し願えませぬか。和尚には話を通してございます」

「許す」

と笹塚孫一が答え、

「神保小路の尚武館道場は昨日柿落としを終えたばかり。道場主と跡継ぎがかような場所で時を費やすこともなかろう。後の始末はわれらがいたす、急ぎ神保小路に戻られよ」

「笹塚様、有難き思し召しにござる。この礼はいずれ」

「坂崎磐音先生、もはや上様お許しの尚武館道場の道場主に、町奉行所が雑事を頼むことはできぬな。ささっ、早く参られよ」

空也は父の用意周到さに改めて驚きを禁じ得なかった。

もし坂崎磐音が竹屋ノ渡しに斃れたとき、空也一人でどうやって東叡山寛永寺内寒松院の隠し墓に運べばよかったのか。父はどう考えていたのであろうか。

小吉の舟が岸辺に寄ってきた。

父と子が乗り、岸辺の笹塚と木下に舟から一礼すると、猪牙舟は隅田川の本流に出て、流れに乗って一気に下り始めた。
舟の中で父と子は一言も会話を交わさなかった。互いの胸中を察して、無言を貫いていた。

二

時は流れて、旧佐々木家と離れ屋の間にある老桜が花を咲かせた。すると、辺りが、
ぱあっ
と明るく華やいだ。
おこんは、日に何度も桜を見ては、満足の笑みを浮かべた。その様子を見た睦月が、
「母上がこれほど桜の花がお好きとは思いませんでした」
「おや、睦月は桜が嫌いですか」
「いえ、好きです。でも、何度も足を運んで見るほどのものではございません。そうだ、母上、それだけ桜がお好きならば、兄上と一緒に小梅村に戻り、墨堤《ぼくてい》の

桜をご覧になったらいかがですか」

睦月の提案に、

「神保小路に越してきて以来、物を片付けたり、道具を仕舞ったりで、小梅村のことを考えるゆとりがありませんでした。お父っつぁんにも会いたいし、シロとヤマを連れて小梅に会いに行かせるついでに、墨堤の桜見物をしてきましょうか」

とおこんがその気になった。

一方、尚武館道場には、旧佐々木道場に関わりのあった門弟衆が再び通い始め、さらには直参旗本や大名諸家の子弟や家臣たちが新たに入門してきて、さすがに四百畳の道場でも狭く感じられるほどの賑わいだった。

見所には速水左近が登城前に姿を見せ、朝稽古を見物してから出仕するのが習わしになっていた。

「磐音先生、これでも狭うござったな」

「いえ、十分に大きゅうございます。物事すべて最初の賑わいは、ひと月後に半分の数に減っているものです」

速水の言葉に磬音が応じた。

「そうじゃな。減るだけ減ったところから、門弟たちは尚武館の真の実力に触れることになる」

速水は己を得心させるように言った。

尚武館道場がようやく落ち着きを取り戻した頃のことだ。

朝稽古を終えた後、師範代の一人である神原辰之助は、十八歳以下の若い門弟二十数人を集めて、二組に分かれての勝ち抜き戦を命じた。それぞれの実力を知るための企てだった。

二の組の先鋒《せんぽう》に空也を加えた。尚武館坂崎道場時代の若手は一の組に残っているので、十四歳の空也だけが新入りに入った。体が大きいのでだれも十四とは考えていない。空也の下には依田鐘四郎の十二歳の倅吉鐘がいた。だが、吉鐘は剣術を始めて二年、未だ打ち込み稽古に加わる力はなかった。

道具は竹刀で防具は着けさせなかったが、鉢巻は許した。

この若手の対抗戦を小田平助が道場の隅から眺め、速水右近がそれぞれの力を書き付ける準備を整えた。

「一応勝ち負けは宣告するが、勝敗が大事ではない。皆の力を知ることが目的だ。

一の組、二の組の先鋒、これまで稽古してきた流儀があれば、それぞれ流儀と姓名と年齢を名乗って始めよ」

辰之助自ら審判を務めることにして、最初の二人に注意した。姓名を名乗らせることにしたのは、互いが相手の顔と名を承知するためであった。

「一の組、河下次右衛門《かわげじえもん》、十八、鹿島神道流《かしましんどう》を六年ほど学びました」

「二の組、直心影流坂崎空也、十四です」

待機している新人らから驚きの声が上がった。坂崎の姓と十四歳にしては逞《たくま》しく育った体にだ。

二人が竹刀を手に一礼した。

河下は十八歳にしてすでに大人の骨格が出来上がっていた。それに背丈は六尺に達し、腕の太さから推測して力が強そうだった。

河下と空也は、相正眼で見合ったが、河下はすぐに竹刀を上段に移した。一気に勝負をかける気だ。

空也は動かない。いつもは広い道場を走り廻り飛び回っているのに、河下の動きを見るように不動の構えだ。

空也は竹屋ノ渡し場での父の戦いをなぞろうと考えたのだ。

河下は体を前後に移動させて様子を見ていたが、空也はその動きに応ずる気配を見せなかった。その様子を臆したと見たか、河下は大胆に踏み込んで力強い面打ちを放った。

　空也は間合いを見て正眼の竹刀を胴へと翻《ひるがえ》した。竹刀の動きが見切れないほどの軽快迅速な変化で、
　びしり
　と音を立てて河下の胴に決まり、河下が横手に飛ばされて転がった。

「胴打ち」

　辰之助が宣告した。

　河下はなんとも訝しげな顔で引き下がった。

　一の組、二番手から空也は十一人を抜き、次いで、二の組の二番手以下とも立ち合って、最後の者まで一撃で決めて退けた。

　新入りの若手は茫然自失《ぼうぜんじしつ》していた。

「およその力は分かった。明日よりそなたらは道場入りを許さず、庭にて小田平助客分の槍折れの稽古で足腰を鍛え直す」

　辰之助が一同に宣した。

「あいや、神原師範代、それがし、直心影流尚武館道場に入門したのであって、庭先で下郎が使う槍折れの稽古など御免蒙《こうむ》る」

と一人が辰之助に食ってかかった。

「そなた、地蔵寺徹次郎《じぞうじてつじろう》どのであったな。十七にしてはなかなかの技量の持ち主だが、足腰の鍛錬が不足しておる。ゆえに槍折れの稽古を命じた。明日、小田平助客分の指導する槍折れの稽古を十分にこなせるならば、道場入りを許す。万事はそれからだ」

「裸足で棒を振り回す稽古など、直参旗本の子弟がやるべき稽古ではござらぬ、断る」

「ならば地蔵寺どの、尚武館への入門は許されぬ。十八以下の入門志願者は足腰を鍛え直して道場入りするのが、習わしである。ちなみにそなたを破った坂崎空也は、小梅村の庭先で雨の日も雪の日も、炎暑の夏も極寒の冬も槍折れの稽古をし、さらには庭に立てた堅木の丸柱を繰り返し打つ稽古を六年以上も続けたのち、ようやく道場入りを許されたのだ。尚武館の跡継ぎであれ、入門志願者であれ、体ができておらぬ者は、道場入りは許されぬ。お分かりか」

辰之助が諄々《じゅんじゅん》と説いたが、地蔵寺は仲間数人に合図して道場から出ていった。

上様のお声がかりでの尚武館道場再興というので、興味本位の者までが稽古に顔を出していた。

磐音は依田鐘四郎ら古い門弟らと話し合い、当初、道場への出入りを皆に開放した。すると厳しい稽古について行けず、道場に顔を見せなくなる者が出てきた。特に若い入門志願者は技を優先して修行をしてきたようで、体造りができていない者が多かった。そこで本日の企てを試したのだ。その様子を坂崎磐音や依田鐘四郎が見ていたが、

「まあ、致し方なき仕儀ですな」

「師範、最初が肝心です。来るものは拒まず、去るものは追わずが尚武館道場の伝統ですが、まずひと月の猶予を与えて、人柄、稽古ぶりを見ることにしましょう。ただ今の力はさほど大事ではございませんでな」

磐音が依田に賛意を示した。

磐音が尚武館から母屋に下がると、おこんと睦月が外着で磐音を待ち受けていた。すでに空也も母屋にいた。

「おまえ様、お父っつぁんの様子を見がてら、墨堤の桜見物に参ってようござい

ますか」

「父上。母上と睦月、それにシロとヤマを小梅に会わせに連れて行きます。帰りも私が送ってきます」

おこんと空也が口々に言った。

「それはよい。それがしも同行したいが尚武館を再興したばかり、どなたがお見えになるか分からぬゆえ、留守を務めよう。どうじゃな、おこん、睦月。明朝早く起きられるなら一晩小梅村に泊まり、明朝空也とこちらに戻って参らぬか」

「わあっ」

睦月が喜びの声を上げた。武家屋敷ばかりの神保小路と、尚武館道場に出入りする大勢の門弟に睦月は未だ慣れぬ様子で、小梅村泊まりを喜んだ。

「おまえ様、大丈夫でございますか」

「こちらには男衆も女衆も大勢いるでな、なんの心配もいらぬ」

磐音の言葉におこんと睦月はその気になったようで、持っていく荷をあれこれと加えた。

「おや、おこん様、お懐かしゅうございます」

神保小路の謂れになった神保家の門番が挨拶をしてくれた。旗本神保長治《ながはる》が神田小川町《おがわちょう》に九百九十五坪の屋敷を拝領した元禄《げんろく》二年（一六八九）以来、この界隈は「神保小路」と呼ばれるようになったのだ。

「ご門番、また戻って参りました。よしなにお付き合いくださいまし」

おこんが挨拶して三人と二匹の犬は鎌倉河岸へと下りた。

鎌倉河岸にその朝、空也は猪牙舟を止めてきたのだ。

「今年は神保小路に引っ越してきたばかりで忘れていたけど、来春は豊島屋《としまや》さんの白酒で雛祭《ひなまつ》りをやりましょうね」

おこんが鎌倉河岸で老舗《しにせ》の酒問屋豊島屋を見た。

鎌倉河岸の御堀の水面に桜が艶《あで》やかに差しかけていた。ここまで下ってくると武家地から町屋へとがらりと雰囲気が変わった。

おこんと睦月、それに二匹の仔犬を乗せた猪牙舟は鎌倉河岸を離れて、一石橋へと向かった。

「兄上、母上が心配しておられましたよ」

水上から御城を眺めていた睦月が不意に言った。

「なにが心配じゃ、小梅村には爺様も向田源兵衛様も、輝信さんも門弟衆も早苗さんもおられるのだぞ」

「そうではございません」

「なんだ」

「尚武館道場の柿落としの翌朝、父上は道場におられませんでした。戻ってこられたとき、兄上と一緒でした」

「あのことか。母上が案じられると思い、父上は申されなかったのだ。もはや事は済んだ」

「兄上、なにが済んだのでございますか」

櫓を漕ぎながら空也がおこんを見た。

「土子順桂吉成様と戦われましたか」

おこんが尋ねた。

「察しておられましたか、母上」

「空也の父が気にかけておられたのは、土子順桂様のことだけでした」

おこんの言葉を嚙みしめるように聞いた空也が、

「見事な勝負にございました。空也が目指す頂きは坂崎磐音です、母上」

空也の言葉に頷いたおこんが、

「高い高い頂きですよ」

　と倅に言った。

　神保小路の母屋に中居半蔵が訪ねてきた。むろん尚武館道場の柿落としの場にその姿もあったが、話す機会はなかった。なにしろ家斉がお忍びで姿を見せたのだ。

「少しは落ち着いたか」

「未だ落ち着いたとは申せませんが、少しずつ神保小路の暮らしを思い出しているところです」

「関前から船が着いた」

　と中居半蔵が言い、

「そなた宛ての書状が乗っていたで、届けに参った。正睦様、重富利次郎に奈緒どのからもある」

　中居半蔵が三通の書状を磐音に手渡した。

「関前に異変はございませぬな」

　当然、中居半蔵は已に宛てられた書状を読んだはずだ。となれば、関前藩の近況を半蔵の口から聞きたいと思った。

「まず国家老坂崎正睦様が回復されたことが喜ばしいかぎりじゃ。今では毎日遼次郎と利次郎に伴われて登城なさっておられるらしい」

「実高様の参勤上番出立《じょうばんしゅったつ》は四月にございますか」

「いつもどおりじゃ」

「その前に父の致仕は、お聞き届けいただけませぬか」

「磐音、それはない。殿が正睦様を頼りになされておるでな」

「殿より父は二つ年上でございますぞ」

「古希を過ぎた殿がご奉公に励んでおられるのじゃ。そなたの父御が頼りでな」

「福坂俊次様は二十八にございましたな。こたびの参勤上番出立の折り、俊次様にお譲りになり、下屋敷に隠居なさるお考えはございませぬか」

「家臣のわしがそのようなことを申し上げられると思うてか」

「俊次様はもはや実高様の跡目をお継ぎになっても、なんの心配もございますまい」

「それがのう、あれこれあってのう」

中居半蔵が言葉を濁した。

「中老伊鶴儀登左衛門一派が気にかかりますか」

「殿も国家老も古希を越えられた。伊鶴儀め、虎視《こし》眈々《たんたん》と機会を窺っておるのはたしか」

磐音は、土子順桂吉成との真剣勝負の直後、死を目前にした土子の口から発せられた言葉を中居半蔵に告げた。

「なに、死を目前にした相手が、そなたの旧藩の、と言うて息絶えたか」

「言葉をすべて聞いたわけではございません。ゆえになんとも申せませぬが、旧藩の中にそれがしを狙う相手がおるのか、あるいは」

「磐音。旧藩、つまりは豊後関前藩に、そなたと対等に戦う技量と度量を持った家臣などおらぬ。それはそなたがとくと承知であろう。ゆえに関前藩の家臣ではない」

「と、仰いますと」

「殿の参勤上番で上がってくる家臣の中に、中老伊鶴儀の縁戚という比良端隆司《ひらつまたかし》なる御番衆がおる。こやつがただ今江戸藩邸におってな、密かにそなたを倒す武芸者を探しておるという噂が、わしの耳にも届いておる」

「中居様、それがし、関前藩とは関わりなき人間ですぞ」

「相手はそうは思うておらぬようじゃな」

「それがしが藩を離れたのは、二十一年も前になります」

「そなたの実父は国家老、殿の信頼厚き人物はわれら家臣ではのうて、そなた、坂崎磐音だ」

「ゆえにそれがし、父が病に倒れたと聞いても関前藩に足を踏み入れてはおりませぬ」

「そこだ」

と中居半蔵が言った。

「そなたが関前藩と距離をとることが、却《かえ》って伊鶴儀らを増長させておるのではないか。そなたの父御や母御が壮健のうちに、一度関前に帰らぬか。そして、遼次郎を跡目として関前で披露せぬか」

半蔵の言葉に磐音は虚を衝かれた想いがした。

「尚武館道場は上様のお声がかりで再興なった。この機に関前に帰るならば、紅花栽培に難儀している前田屋の奈緒どのにも励みになろう。考えてみぬか」

「それがし、父が国家老を務めるうちは関前に足を踏み入れまいと遠慮してきました」

「その考えがいかぬのだ。殿は明和九年の内紛で取り潰しにあった小林家の奈緒どのを関前に迎え、紅花栽培を許しておられる。吹く風向きが転じ、時代は変わったのじゃ」

それは違う、と磐音は思った。奈緒のことは飽くまで関前藩の都合であると思っていた。

「おこんさんを正睦様、照埜様に紹介するために関前入りしたのは、いつのことじゃ」

「安永六年秋、十六年前のことでございます」

「ほれ見よ。そなたが無用な遠慮をするゆえ、良からぬ考えを持つ輩が現れるのじゃ」

磐音は黙考した。

「すぐ返答せよとは言わぬ。殿が上府されるまでに考えよ。そなたが関前藩との繋がりをこれまで以上に太くすれば、殿も安心して俊次様に座をお譲りになるのではないか」

と中居半蔵が言った。

磐音は中居半蔵が戻った後も独り考えに耽《ふけ》っていた。

そして、日が傾き始めた頃、父からの書状を披いた。

まず驚いたのは、その文字に力がないことだった。言葉では回復したと認めながらも、筆力にも文章にも力が感じられなかった。

(なんということか)

磐音は父の書状を読むことをやめて、重富利次郎の文を披いた。

「坂崎磐音様、ご尊父正睦様、再び登城なさる日が戻って参り候。登城下城には遼次郎どのとそれがしが同道致し候。風邪に始まった長患いより、ようも回復なされたと驚き居り候。

霧子は城下を離れて、須崎川の上流、花咲山の麓に開墾した紅花畑に時折り手伝いに行き、奈緒様と楽しげに暮らし居り候。

それがし、こたびの参勤上番には上府能《あた》わずとの通告、正睦様より前もって頂き居り候。住めば都、関前の暮らしが霧子とももだんだんと好ましゅうなり候ゆえ、こたびの参勤出府に命なきは有難きことに御座候。筑前福岡藩の松平辰平とは時折り書簡を交わし候ゆえ、辰平のところが二男一女の子宝に恵まれしことも承知致し候。翻って霧子とは子なきゆえ、近々御用のついでに筑前福岡に出ることを考え居り候」

利次郎にとって、霧子が懐妊しないことが唯一の寂しさのようであった。

奈緒の文は短かった。

「紅花栽培がこれほど難しいものとは考えもせぬことでした。関前で三年目の夏、なんとしても鮮やかな紅花を花咲山の麓に咲かせてみせます」

淡々と決意が認めてあった。その短い文が奈緒の追い詰められた険しい心中を反映しているように思えた。

いつの間にか神保小路には日暮れが訪れていた。

三

おこんと睦月は、右近の漕ぐ櫓で小梅村の尚武館坂崎道場の船着場に猪牙舟を着けた。

隅田川から船着場のある堀留に入った途端、仔犬のシロとヤマが騒ぎ始めた。

その声に小梅が気付いて、わんわんと呼応し、偶々《たまたま》道場にいた金兵衛が気付いて、

「小梅、どうしたよ」

と言いながら長屋門下の小屋に向かうと、繋がれていた紐を外してやった。すると小梅が一目散に船着場に走り、それにつられて金兵衛が河岸道に出て、舟を見付けた。

「おお、おこんに睦月か。空也が連れてきたのか」

「爺様、本日は母上と睦月は小梅村に泊まります」

「なに、爺様の様子を見に泊まりがけで来たのか。口やかましいのが戻ってきたな」

言いながらも金兵衛の顔は満面の笑みであった。

猪牙舟からおこんと睦月が下り、空也が杭《くい》に舫《もや》い綱を結んで自らも飛び下りた。手には土産の桜鯛を提げていた。小梅が久しぶりに会うシロとヤマに飛び付いて、親子でじゃれ合っていた。

「お父っつぁん、娘と孫がどてらの金兵衛さんに会いにわざわざ来たのよ、嬉しくないの。このまま神保小路に引き返してもいいの」

「引き返しな、引き返しな」

と答えながら金兵衛が、ゆっくりと船着場から上がってきたおこん一行を迎えた。

「人間より犬のほうがよほど素直ね」

「当たり前だ。小梅はよ、事情が分からないんでよ、おめえたちが引っ越していった当座は寂しそうな様子だったぜ」

金兵衛がおこんに言い、

「空也、湯が沸いているぞ。体の汗を流せ」

と空也に勧めると、

「爺様はやっぱり小梅村がお似合いだわ」

と睦月が言った。

「おお、人間の暮らしはな、このように緑が豊かなところでよ、水に取り囲まれて過ごすことが一番なんだ。窮屈な武家屋敷の暮らしなどまっぴら御免だな。そうは思わねえか、睦月」

「爺様、それは分かっています。でも、父上にはお役目がございます」

まあな、と応じた金兵衛が睦月に言った。

「おまえさんのお父っつぁんが深川六間堀に姿を見せたときにはよ、職なし宿なし、着た切り雀《すずめ》の浪人さんだったがよ。生き生きとした顔付きだったぜ」

「どてらの金兵衛さん、二十年以上も前のことを言い出しても仕方がないわ」

「それはそうだ。だがよ、鰻割きの浪人さんで生涯を過ごす暮らしが幸せか、神保小路に住んで、大名や旗本の家来や子弟に囲まれてよ、『さようでござるか』『いや、そうではござらぬ、殿中の作法はかようにござる』なんて、ござるござるの尚武館道場の道場主を務める暮らしが幸せか。人間らしい暮らしはよ、断然川のこっち側よ、なあ、おこん」

「そんなこと分かっているわよ。でも」

「人それぞれだと言いてえか。駕籠《かご》に乗る人、担ぐ人、そのまた草鞋《わらじ》を造る人ってな、分に従い、生きていくのが一生だ」

金兵衛とおこんが話す足元で三匹の親子が無心にじゃれ合い、シロとヤマは急に思い出したか、小梅の乳に吸いつこうとした。それを小梅が嫌って逃げ回っていた。

「おめえらは素直だな」

と金兵衛が言ったところに、武左衛門の大声が響き渡った。

「なんだ、神保小路が嫌になって小梅村に戻ってきたのか、おこんさん」

「違います。母上と二人で爺様の様子を見に来たのです」

睦月がおこんに代わり、武左衛門に答えた。

「なんだ、帰ってきたのではないのか」

武左衛門の声はいかにも残念そうに聞こえた。

「本日はこちらに泊まるのです」

「おお、ということは夕餉も一緒か。尚武館の跡継ぎが手に提げているのは鯛か、そいつで一杯やるのも悪くないな」

「武左衛門さんよ、未だ桂川先生の薬を飲んでいる身で、酒なんぞ飲んじゃならねえよ」

金兵衛に注意された。

「なんだ、皆でわしのことを見張っておるのか」

「当然だ。おまえさんのこれまでの行いが行いだ。世の中でだれが信用ならないって、武左衛門の旦那ほど信用ならねえ人間はいねえからな」

金兵衛に言われ、武左衛門が、えっへっへと笑った。

「おお、ようお見えになりました」

長屋から、なんとも落ち着いた風情の向田源兵衛が姿を見せた。

「向田様、偶には神保小路に稽古においでくださ い。亭主がそう申しておりました」

「おこん様、それがし、小梅村がすっかり気に入りました」

向田源兵衛の顔がどことなく穏やかになっていた。

おこん一行は尚武館の敷地から竹林と楓林を抜けて、庭に出た。すると母屋の雨戸を閉じようとしていた田丸輝信が、

「おや、尚武館が賑やかだと思いましたら、おこん様と睦月ちゃんがおいでですか。早苗がただ今湯を沸かしておりますぞ」

と空也に言った。

「有難うございます、師範代。今宵は母上と睦月もこちらに泊まっていきます」

「おっ、賑やかな夕餉になりますね」

輝信が嬉しそうに言い、雨戸を閉めるのを途中でやめた。

「そうだ、内藤新宿《ないとうしんじゅく》の兄が猪肉《ししにく》を届けてくれました。早苗は味噌仕立てで猪鍋にすると言うております。姑が手伝うておりますよ」

「ならば、輝信さん、皆で一緒に夕餉を食しませぬか」

おこんが言い、輝信が嬉しそうに頷いた。

尚武館坂崎道場の大半が神保小路に引っ越し、残された輝信らはやはり寂しさを感じていたのであろう。

酒を口にしないと早苗に厳しく約束させられた武左衛門と勢津が加わり、坂崎一家四人に向田源兵衛、田丸輝信、早苗と賑やかな夕餉になった。

金兵衛の穏やかな様子を見たおこんは、父親が小梅村に残ったのは正しい判断であったのかと、どことなく安心する一方で、一抹の寂しさを感じてもいた。

武左衛門は夕餉の場で一口も酒を飲まず、それでも賑やかな夕餉を楽しんでいた。

「どうじゃな、おこんさん、これが暮らしだぞ。神保小路でかようなことはできまい」

「武左衛門さんよ、おこんも分かっているんだよ。だがな、人にはそれぞれ」

「行く道があると言うのだな、金兵衛さんよ」

「そういうことだ」

おこんは久しぶりに小梅村の長閑な雰囲気の中で一夜を過ごした。

長い旅路の果てに得た安息だった。

おこんはかたわらで眠る睦月の寝息を聞きながら、眠りに落ちる前に、

（鰻割きの浪人さんがどう変わろうと、生涯一緒に暮らしていくのね）

と思った。

翌朝、空也はおこんと睦月、二匹の仔犬を連れて神保小路の屋敷に戻り、稽古着に着替えて尚武館に向かうべく庭を抜けようとした。すでに磐音は道場に出たのか、母屋に姿はなかった。

するとどこから入り込んだか、旅の武芸者と思《おぼ》しき人物が庭石にのんびりと腰を下ろしていた。一廉《ひとかど》の武芸者とは空也には思えなかった。

三十七、八歳か。旅暮らしが長いと見えて、着ている道中羽織に裁《た》っ着《つ》け袴も旅塵《りょじん》に塗《まみ》れ、裾は綻んでいた。

「どなた様でございますか」

「そなたは何者か」

と反対に問い返してきた。

「坂崎空也にございます」

「なに、坂崎とな。尚武館道場の道場主坂崎磐音どのの嫡子どのか」

「はい」

空也は相手を見ながら答えた。

「そうか、嫡子どのか。それがしは浪々の武芸者龍門富十郎《りゅうもんとみじゅうろう》だ。こちらに、向田源兵衛が厄介になっておらぬか」

龍門と名乗った相手の口調に上方訛《かみがたなま》りがあるように空也には思えた。

「向田様はおられます」

空也は正直に答えた。

「やはり江戸に戻り、尚武館に居候しておったか」

龍門と名乗った武芸者が庭石から立ち上がり、

「この書状を向田に渡してくれぬか」

と差し出した。

「龍門様は向田源兵衛様と昵懇《じっこん》にございますか」

「殴られ屋稼業の向田を、それがしの家に置いていたこともあった」

龍門の言葉には複雑な感情が込められていた。

「ならば向田様に直にお渡しになりませぬか」

空也はなにか事情がありそうな龍門をどうしたものかと迷っていた。

「向田とそれがしの因縁じゃ。尚武館に向田を手助けされては、こちらに勝ち目はない」

「尚武館が謂れもなくどちらかに与《くみ》することはございません。まずわが父と会うてくだされ」

空也の言葉に龍門がしばし沈思したあと、頷いた。

尚武館は掃除の最中であった。

神棚の榊を取り替える磐音に、空也が表で待つ龍門富十郎の話をした。すると磐音が「会うてみよう」と玄関に独り出た。

尚武館道場に背を向けた旅の武芸者の龍門富十郎は、尚武館の威容にどこか圧倒された様子が見えた。

「それがし、坂崎磐音にござる。そこもとでござるか、向田源兵衛どのに会いたいと申されるは」

振り向いた龍門が頷いた。

「なんぞ曰くがありそうな。お話し願えませぬか」

「向田はたしかに道場におるのだな」

「はい。尚武館の客分として、手助けしてもろうております」

「いつからか」

「十数年ぶりに江戸に戻ってこられたのは、ついひと月ほど前のことにござる」

「なに、ひと月前とな。二年半前ではなかったか。女と一緒であったか」

複雑な事情がありそうな龍門に、

「仔細がありそうでございますな。これより朝稽古が始まります。龍門どの、しばし稽古を見物なさるなり、もしお望みとあらば稽古に加わられてもようござる。稽古のあとにそれがしが話を伺います」

龍門は磐音の言葉を吟味するように思案し、頷いた。

磐音が道場に龍門を案内すると、四百畳もある道場の広さに圧倒されたか、口も利けない様子で茫然自失の体《てい》で眺めていた。

「これが江戸の剣道場か」

「龍門どのはどちらのお生まれにございますか」

「摂津《せっつ》国麻田《あさだ》藩城下でささやかな町道場を営んでおった」

「それがしと同じ道を歩いておられましたか」

磐音は龍門の五体に鬱々《うつうつ》とした怒り、屈辱が溜まっているのを見抜いていた。

「ご流儀は」

「新陰《しんかげ》流にござる」

「どうです、稽古をしませぬか」

「向田源兵衛はどこにおる」

掃除が終わり、神原辰之助ら住み込み門弟衆が素振りを始めたり、小田平助指導の槍折れの稽古をしたりするのを、龍門は自信なさげな様子で見ていた。

「本日はこちらにおりませぬ。必ず明日にはこの道場にて会えるよう取り計らいます」

「虚言ではないな」

「龍門どの、見所をご覧あれ。上段の間に、過日十一代家斉様がお座りになりました。直心影流尚武館道場の後継としての名にかけて虚言など弄《ろう》しませぬ」

龍門がようやく安堵した。

磐音は空也を呼んで、

「龍門どののご指導を仰げ」

と命じた。

龍門は空也の体を見てまさか十四歳とは思わなかったようだ。旅仕度を解くと空也が差し出す木刀を手にした。

磐音は、龍門富十郎の「力」を見抜いていた。老練ではあるが、新陰流を会得した者ではないと磐音は見ていた。おそらく町道場の運営は「生計《たつき》の手段」であったと推量していた。

空也がどう龍門と立ち合うか、確かめようと考えた。

「龍門様、ご指導願います」

空也にはなんの邪心もない。

「うむ」

と応じた龍門富十郎は、一礼した空也の顔付きが一変しているのを見た。

二年半余、放浪の旅にあった龍門富十郎は、大名諸家の城下にある剣道場が二つにはっきりと分かれることを実感した。

一つは、武士の表芸たる剣術の「形《かた》」を教える道場であり、もう一つは数少ないが剣術の奥義や魂を極めんと懸命に修行に励む剣道場だ。

この尚武館道場は、明らかに後者だった。

空也も木刀を構え合った瞬間、龍門富十郎の力を悟った。

空也は初心の立場を崩さず、攻めた。だが、龍門が撥《は》ね返せるように木刀の動きを持っていった。ゆえに空也の攻めは、すべて外され、弾かれた。

父は龍門富十郎の力を承知で空也を当てたのだ。それにしても向田源兵衛とこの龍門富十郎にどのような関わりがあるのか、空也は攻めながら考え続けたが、答えが出るわけもなかった。

空也が木刀を引いて、

「ご指導有難うございました」

と初心の礼を述べたとき、どのような仔細があろうと、向田源兵衛が龍門富十郎に引けをとることはないと思った。ならば一刻も早く二人を対面させるべきではないか、とも考えた。

空也は、龍門が壁際に下がったのを見て、見所近くにいた磐音のもとへ歩み寄った。

「いかがであった」

「向田源兵衛様の技量とは比べようがございませんでした」

磐音が頷くと、

「ご両者の間に誤解が生じていると思えます。一刻も早くお二人を会わせたほうが宜しいのではございませぬか」

と空也が言葉を重ねた。

「それも一案かな。空也、本日小梅村に龍門どのをお連れせよ。その折り、小田平助どのに同行を願え」

と命じた。その上で磐音は平助に龍門の一件を告げた。

「ほうほう、殴られ屋向田源兵衛さんはくさ、浪々の間に龍門の妻女か女子と懇《ねんご》ろになっておりましたかな。そげんことがあるとやろか」

平助が首を捻った。

夕暮れ前、空也が漕ぐ猪牙舟は龍門富十郎と小田平助を乗せて、小梅村の尚武館道場の船着場に着いた。すると小梅が嬉しそうに吠え、田丸輝信と向田源兵衛が迎えに出てきた。

「おや、本日は小田平助どののお越しにございますか」

輝信が平助に話しかけた。

空也は龍門富十郎の様子を眺めていた。むろん神保小路を出る折りに磐音が、向田源兵衛が小梅村の尚武館坂崎道場にいることを話していた。

ゆえに龍門は舟中無言を貫き通していた。

だが、訝しいことに目の前に立つ向田源兵衛を見ても、龍門富十郎はなんの表情の変化も見せなかった。

「龍門様、向田源兵衛様とは久しぶりですね」

「二年半ぶりじゃ」

「お顔をお忘れですか」

空也の言葉に龍門が、はっ、として出迎えの田丸輝信と向田源兵衛を改めて見て、

「どこにおるのだ、向田は」

と空也にともだれにともつかず訊いた。

「向田様、知り合いの龍門富十郎様です」

空也が源兵衛に話しかけると、龍門の形相《ぎょうそう》が変わり、源兵衛は訝しげな顔をした。

「あの者が殴られ屋向田源兵衛のはずはない」

龍門が呟き、

「いえ、私どもが承知の向田様はあのお方です」

と空也が言い、

「どうやらくさ、龍門さんはくさ、偽の向田源兵衛に女房を寝取られたと違うな」

と小田平助が推量を告げ、

「驚いたな。摂津辺りでそれがしの偽者が横行しているなどと小耳に挟んだことがあったが、まさか真であったとは」

向田源兵衛が啞然《あぜん》とした顔で呟いた。

翌日、小梅村の長屋から龍門富十郎の姿が掻き消えていた。

朝稽古が終わったあと、空也が神保小路の尚武館道場で父にそのことを報告すると、

「まあ、そのようなところであろうな。剣術を徒食の手立てと考え道場を開くと、かような話が生まれる。向田源兵衛どののもとんだ濡れ衣、災難であったな」

と苦笑いした。

「あの人がくさ、こそこそと逃げるがごと長屋ば出ていったとたい。知らんふりするしかしようがなかろうもん」

平助の言葉で、殴られ屋向田源兵衛の偽者騒ぎはあっけなく終わった。

四

寛政五年七月二十三日、幕閣に激震が走った。

老中首座にして将軍家斉の補佐役を兼ねていた松平定信が突然解任されて、六年にわたる改革が頓挫《とんざ》したのだ。

田沼意次のあとを受けて誕生した松平政権は、財政的にはそれなりの回復に尽くし、危機的状況は回避することができた。

一方で高騰する物価の引き下げや旧里帰農の奨励などは、ほとんど成果が上がらなかった。

なにより松平定信の節約一辺倒の景気の抑制策、緊縮政策は大名諸家や商人らに強い不満を抱かせた。

奢侈禁止令により江戸市中の商いは勢いを失った。

ために松平定信解任が伝わると、早速狂歌が貼り出された。

「白河の清きに魚も住みかねて元の濁りの田沼こひしき」

あるいは、

「万代にかかる厳しき御代ならば長生きはしても楽しみはなし」

この緊縮政策令が不評の上に光格《こうかく》天皇との確執があり、さらには家斉の実父一橋治済を大御所として西の丸に迎えようとしたことに定信が反対したことから、定信と家斉・一橋家との対立が険しくなっていたことも原因と噂された。

この寛政の改革は、定信罷免《ひめん》後も改革推進派の老中松平信明《まつだいらのぶあきら》、戸田氏教《とだうじのり》らが幕閣に留まり、改革のある部分は継承されていく。

このことから考えても、家斉・一橋家が、松平定信のもとに巨大な権力が集まることを嫌ったことが容易に推測された。

松平定信は幕閣を去り、陸奥白河《しらかわ》藩主として藩政改革に励むことになった。

この日、尚武館道場の朝稽古が終わり、朝餉と昼餉を兼ねた膳を食し終えた磐音のもとに、弥助がその報《しら》せを伝えに来た。

「未だ真偽のほどは分かりませぬ。されど落首が貼り出されたところからみて、ほぼ間違いなきことかと存じます」

弥助が言い足した。

磐音はしばし黙考しながら、

「尚武館道場の再興」

は松平定信と一橋治済との確執から生じたことかと改めて知らされた。だが、それがどのような理由であれ、家斉の命により復活した尚武館道場だ。

「なんとしても守り通すのみ」

と強い決意を磐音は弥助に伝えた。

その直後、下城途中の桂川甫周国瑞が城中の模様を磐音に伝えに来て、弥助の情報が正しかったことを裏付けた。

「甫周先生、定信様の改革は失敗したのでございますか」

「蘭医《らんい》の私が知る由もないことです、坂崎さん。よきほうに変わることを祈るのみです」

と国瑞も言った。その言葉に頷いた磐音は、

「尚武館に与えられた使命は、剣術の心得と精神を、稽古を通して伝えていくだけです」

「それでよろしいかと思います」

国瑞はそう答えると駒井小路に戻っていった。

「おまえ様」

おこんが磐音に声をかけた。

「本日、小梅村に行く心積もりでおりましたが、やめましょうか」

金兵衛に夏の疲れが出たとか。寝込んだわけではないが、いささか元気がないという。そこでおこんと睦月が四、五日に一度の割で小梅村を訪れていた。

「いや、その気遣いは要らぬ。こたびの松平定信様の解任は、田沼意次様のそれとは違う。京との確執にしろ、一橋家との不和にしろ、定信様は正論を通された

のじゃ。定信様に解任以上のなにかが起こるとは思えぬ」

京の朝廷との確執は、光格天皇が実父閑院宮典仁《かんいんのみやすけひと》親王に太上《だいじょう》天皇の尊号を贈ろうとしたことに端を発していた。そのことに定信は名分論から反対した。そのことが京の反感を買う一因となった。

「松平定信様は、いささか正直に過ぎたやもしれぬ。だが、おやりになったことは間違いではないのだ」

はい、とおこんが頷き、

「空也と一緒に睦月と行って参ります」

「おこん、途中浅草寺門前の最上紅前田屋に立ち寄り、このことを秋世どのに知らせてくれぬか」

「そうでしたね。紅も定信様の奢侈禁止令に触れて、苦しい商いが続いておりましたものね」

「空也に申せ。本日の昼稽古は小梅村に戻って行えとな」

磐音の言葉におこんと睦月は急いで外出の仕度をし、空也を呼んだ。

「母上、今宵は小梅村に泊まられますか」

おこんが磐音を見た。

「舅どの次第じゃが、前回は日帰りであったな。泊まってくればよかろう」

磐音の言葉を得て泊まり仕度で神保小路を出ることにした。

「シロとヤマはどうしましょう」

「二匹ともにだんだんと体付きがしっかりしてきました。母親の小梅に甘えてばかりではなりますまい。今宵は尚武館の留守番を願いましょう」

おこんが残すことを命じた。

おこん、睦月、空也が神保小路を出ていったのち、磐音は豊後関前の奈緒宛てに、老中首座松平定信の解任を知らせる文を認め始めた。

奈緒にとっても難儀な六年であった。奢侈禁止の触れによって、江戸での紅花商いが立ちゆかなくなる一方で、関前での紅花栽培という新たな企てに奈緒は挑むことにもなった。

その奈緒から朗報が届いたのは、六月のことだった。

半夏生を前に数輪の花が咲いた。これまでの二年の薄い橙黄色ではなく、しっかりとした色付きで、鮮やかな紅花畑が朝霧の中に広がる確信を持ったというのだ。なにより、これで生まれ故郷で暮らしてゆく機会を得たのだ。

「磐音様、皆々様にご心配をおかけいたしましたが、霧子さんの手伝いもあり、山形の紅花とは違った関前の紅花で造る『紅餅』をお目にかけられるのももうすぐです」

と喜びが認めてあった。

まして松平定信の解任で少しでも緊縮政策が緩むならば、最上紅前田屋の一品として関前紅が江戸に登場するのも、そう遠いことではないように思えた。

中居半蔵は、

「最上紅は『紅一匁金一匁』で商いされるが、せめて関前紅が七分引きで取り引きされるようになれば、関前藩の新たなる財源になるのだがな」

と期待していた。

おこんたちが小梅村に出かけて半刻もした頃、その中居半蔵が姿を見せた。尚武館のある神保小路と関前藩江戸藩邸の駿河台富士見坂《ふじみざか》は指呼《しこ》の間《かん》だ。なにかあれば中居半蔵は姿を見せるようになっていた。半蔵にとって尚武館道場は剣術の稽古の場ではない。磐音と談笑する息抜きの場であった。

「おい、聞いたな」

「老中首座松平様の解任の話でございますか」

「その話のほかにどのような大事があるというか」

磐音は上気した中居半蔵を黙って見た。

「なに、尚武館は老中首座の解任など関わりないと申すか」

「いいえ、天下の一大事にございます。世間すべてに多少なりとも関わりがございましょう」

二人は黙って顔を見合わせていた。

「磐音、前田屋奈緒どのがな、満足とまでは至らぬが、紅餅がこれまで以上にきれいにできたと知らせてきた。紅餅の実物を確かめた上で、紅餅をあつかう江戸の紅屋に売り込みを図るつもりだ」

「中居様、奈緒がこの数年難儀してきた紅花栽培、紅餅造りですぞ。奈緒がきれいにできたというのであればできたのです。早々に売り込まれるのがよかろうと思います」

「とは申せ、実物がないではな」

「売り込めませぬか」

磐音の言葉に中居半蔵が頷き、

「そなた、こたびの老中解任で、幕政は、いや、時世はどう変わると見た」

と話をもとへ戻した。

「それがしは一剣術家にございます。幕政や時世がどう変化するか、占うことはできませぬ」

「いや、関前の藩物産所の基となった考えは、そなたが藩にもたらしたものだ。そなたの商いの勘はなかなかのものだからな」

中居半蔵が冗談とも真面目《まじめ》ともつかぬ眼差しで磐音を見た。

「中居様、松平定信様の最後の仕事は、江戸近郊の海岸を視察して異国船の来航に備える海防策であったと聞いております」

前年の寛政四年（一七九二）、蝦夷《えぞ》の根室《ねむろ》にロシア使節のラクスマンが漂流民大黒屋光太夫《だいこくやこうだゆう》を伴って来航し、通商を求める騒ぎが発生していた。

この一件は、鎖国政策を貫く徳川幕府にとって、国内事情だけでは国体が保てない時代の到来を告げていた。老中首座として定信が気にかけたことの一つだった。

「時代が大きく変わろうとしています。関前藩も幕府も、国の内だけで時世や商いが動く時代は終わったように思えます」

「なに、異国との交易を考えよと申すか」

「と、確信を持って申し上げる材料はございません。松平定信様が最後になされた異国船来航にそなえての海防策から思い付いたことです」

「異国相手になにが売れるかのう」

「紅猪口や紅染めなどは意外に喜ばれるかもしれません」

「となると、いよいよ奈緒どのの力を借りねばならぬな」

と独り合点した中居半蔵が、

「参勤で上がられた殿が再三仰せになっておるぞ。近くに住まいしておる割に、磐音は姿を見せぬとな。偶には富士見坂を訪ねよ」

と言い残して立ち上がった。

おこんらが浅草寺門前の最上紅前田屋に立ち寄って、小梅村を訪ねたのは昼下がりの八つ時分だった。

金兵衛は母屋の縁側で秋の陽射しが差す庭を見ていたが、

「おお、来たか」

とおこんらを迎えた。

空也はすぐに稽古着に着替えると堅木打ちの稽古を始めた。最近では空也の堅木打ちは、右でも左でも同じように力強く自在に打つことができた。

おこんは空也の稽古着の繕《つくろ》いを金兵衛のかたわらで始めた。睦月は早苗がいる台所に行った。持参した食べ物を渡すためだ。

「おこん、おのぶが亡くなって何年になるな」

「明和三年（一七六六）のことよ。だから二十七年も前になるわ」

「そんな昔になるか」

「お父っつぁん、お彼岸には一緒に霊巌寺へ墓参りに行きましょうね」

「ああ、そうするか」

「なにかおっ母さんのことを思い出したの」

「うん、おのぶだけじゃないな。近頃よく夢を見てな、歳をとった証《あかし》かね。起きているときより夢の中のほうがはっきりしているぜ。それも昔馴染みの連中ばかりぞろぞろ出てきやがる」

「夏の疲れが秋になって出たのね」

「若いうちは夢なんぞ見る暇もなかったがな。歳をとると、何十年も会ってない人間がひょっこりと出てきやがる。あいつら、死んじまったのかね。それでわしを呼びに来たのかね」

「縁起でもないことは言わないの」

「なにが縁起でもないものか。おのぶの分も十分に生きた」

おこんは金兵衛を見た。

「おこん、おめえにとって最初の運は今津屋に奉公したことだ。それが縁で坂崎磐音って傑物と出会ったんだからな」

「私が出会ったときは、浪人さんに成り立てだったわ」

「それが今や上様の席が設けられた尚武館道場の主だ。おこん、おめえも気付いていようが、佐々木家はよ、ただ剣術を教えるだけの家筋じゃねえ。あの空也も佐々木玲圓様の、坂崎磐音の重荷を背負うことになる」

おこんは金兵衛の言葉に黙って頷いた。

「深川六間堀の長屋の差配が見る夢以上のものを、おめえの亭主はこの金兵衛に見せてくれた。わしは幸せ者だ」

「お父っつぁん、おかしいわ」

「なにがおかしいものか。至極真っ当よ」

「お父っつぁん、亡くなったら慎ましやかな弔いをして、おっ母さんの墓に埋葬してくれって、亭主どのに頼んだんですって」

「おお、おめえの亭主がいくら上様と知り合いとはいえ、わしには関わりのねえことだ。おのぶのかたわらに埋めてくれれば、おのぶによ、二十七年分の話をたっぷりと聞かせてやるぜ」

「すでにおっ母さん、承知かもよ」

「あの世からこの世が覗けるものか。わしが話しに行くのをおのぶは待ってるさ」

そこへ睦月が姿を見せて、

「早苗さんが、夕餉はなににしましょうかって」

「お父っつぁん、なにがいい」

「腹なんぞ空《す》いてないよ」

「今じゃないわよ」

「夕餉の折りに考えるさ」

と答えた金兵衛が、

「それより昼寝をしよう」

と縁側から座敷に行くと、座布団を二つに折って枕にして、ごろりと横になった。

「睦月、爺様に夏掛けをかけておあげなさい」

おこんの言葉に睦月が枕と夏掛けを運んできて、

「爺様、風邪を引くといけませんよ。関前の爺上様も風邪を引かれて幾月も床に就かれたんですからね」

「深川育ちはよ、体のできが違うんだよ」

と言いながらも金兵衛が睦月の親切を受けて座布団を枕に替え、夏掛けを掛けてもらって、

「おこん、不思議なことに昼寝で夢を見ることはまずないぜ」

と言い、

「極楽極楽」

と言いながら両眼を閉じた。するとすぐに寝息が聞こえてきた。

「お父っつぁん、やっぱり今年の暑さがこたえたのかしらね」

とおこんが呟き、睦月が、

「おかしな爺様。笑いながら寝ているわ」

「夢の中で、若い頃のおっ母さんとでも再会しているんじゃないの」

「へえ、そんなことってあるんだ」

と呟いた。

おこんは、ちらりと金兵衛の寝顔を見た。確かに微笑みを浮かべた顔で眠りに就いていた。

「本日は帰りが早うござるな」

庭から向田源兵衛の声がして、源兵衛と田丸輝信、三ッ木幹次郎らが空也の稽古を見に来ていた。

「母上を送るため、早めに神保小路を引き上げました。川向こうの江戸では老中松平定信様の解任話で持ち切りです」

「こちらにも伝わってきております」

と向田源兵衛が空也に答え、

「幹次郎さんや、空也さんと一緒に堅木打ちをしてみては」

と若い幹次郎を唆《そそのか》した。

「向田様、この稽古、並ではございません。何年も続けている空也さんならではの稽古です。私など、いくら飛び上がっても丸柱の頂きが見えませんよ」

と言いながらも、幹次郎が木刀を手にした。

「始めますよ、幹次郎さん」

空也が幹次郎に誘いかけた。

「致し方ないか」

幹次郎は木刀を構えて空也と並び立ち、それぞれの堅木の丸柱に向かって突進していった。

空也が軽やかに跳躍した。そして、手にした木刀でしなやかに丸柱の頂きを打ち付け着地すると、次なる目標に向かって豹《ひょう》の如く突進していった。

空也と幹次郎では走りも飛躍力も着地の足さばきも、動きそのものが違った。

睦月は庭の稽古を見ながら、

「兄上は、あんなことを何年も繰り返して飽きないのかしらね」

と呟いた。

おこんは、金兵衛の寝息が、ふうっ、と止まったのを感じた。

「睦月、爺様は」

おこんは、糸切り歯で糸を切りながら睦月に尋ねた。

「爺様は笑ったまま寝ておられます」

振り向いて見た睦月の声が、

「あら」

と訝しげに変わった。

おこんは金兵衛の顔を振り返って、すぐ異変に気付いた。

父親の死を悟った。

だが、しばし言葉も発せず、動こうともしなかった。

ただ、金兵衛の笑みの顔を見ていた。

見続けていた。そして、

(お父っつぁん、ご苦労さまでした)

と胸の中で呟いた。

「母上、爺様はどうなされたの」

おこんは金兵衛の静かな微笑みの顔に眼を預けながら、

「身罷られました」

と睦月に淡々とした声で応じていた。

おこんの言葉を理解するのに、睦月はしばし間を要した。

「兄上、爺様が亡くなられました」

睦月の甲高い声が小梅村に響き渡った。

おこんの両眼にじんわりと涙が浮かんで、金兵衛の顔が翳《かす》んで消えた。

寛政五年初秋、昼下がりのことだった。

巻末付録

江戸よもやま話

渡し――江戸と東京を繋ぐ

文春文庫・磐音編集班 編

将軍家斉に謁見《えっけん》し、ついに神保小路に尚武館道場が再興されました。将軍継嗣だった家基や養父玲圓の死から十四年。流転の旅の果て、磐音は恩讐を乗り越える時を迎えたのです。すでに身罷った田沼意次の最後の刺客と尋常勝負をすべく、竹屋の渡しに向かう磐音の胸中やいかに。

さて、著者佐伯泰英さんは、本作『竹屋ノ渡』の創作にあたって、読者から届いたある手紙が関わっていたと振り返ります。その手紙には、こう記されていました。「竹屋の渡しは私どもの先祖が営んでおり、尚武館が近いのも一層親近感を覚えます」手紙には一通の古文書も同封されていました。百三十年を経て色褪《あ》せた和紙に記されていたのは……。今回は、磐音の江戸と私たちの東京を繋ぐ「竹屋の渡し」の物語です。

手紙と古文書をお送りいただいたのは、佐伯作品の愛読者である高橋美瑳子さん。戦前、本所区小梅（現・墨田区向島《むこうじま》）にお住まいで、作中にも登場する常泉寺にも近かったそうです。家業は竹屋の渡しとして渡し船の運行と、茶屋を営んでいました。営業した期間は定かではないものの、初代店主は明治十五年（一八八二）に亡くなったといいますから、磐音の時代に程近い、江戸末期の創業と考えてよいでしょう。

三三六～三三七頁に載せる図1は、二代目店主の孫四《まごし》郎《ろう》（高橋さんから四代前）が、明治十八年に記した文書で、茶屋の「営業許可申請書」です。警視庁に提出された正式な文書ですが、冒頭に捺された、「向《むこう》じ満《ま》　小梅　都鳥《みやこどり》」と水鳥をあしらった朱印が目を引きます。原文に添って現代語に訳してみましょう。

葭簀《よしず》張掛茶屋《ばりかけぢやや》営業願

南葛飾郡小梅村弐百六拾五番地／平民　高橋孫四郎

右、願い上げ奉ります。私は、従来、同郡小梅村に接した隅田川の堤上にて、平日、遊客や往来の方の弁（便）利のために、葭簀張りの掛茶屋で煎茶や雑菓子などを取り扱う商売をしておりますが、この明治十七年十一月より当十八年十一月までの一年間、ご許可をいただき、営業することができました。当年十二月より来る明治十九年十一月ま

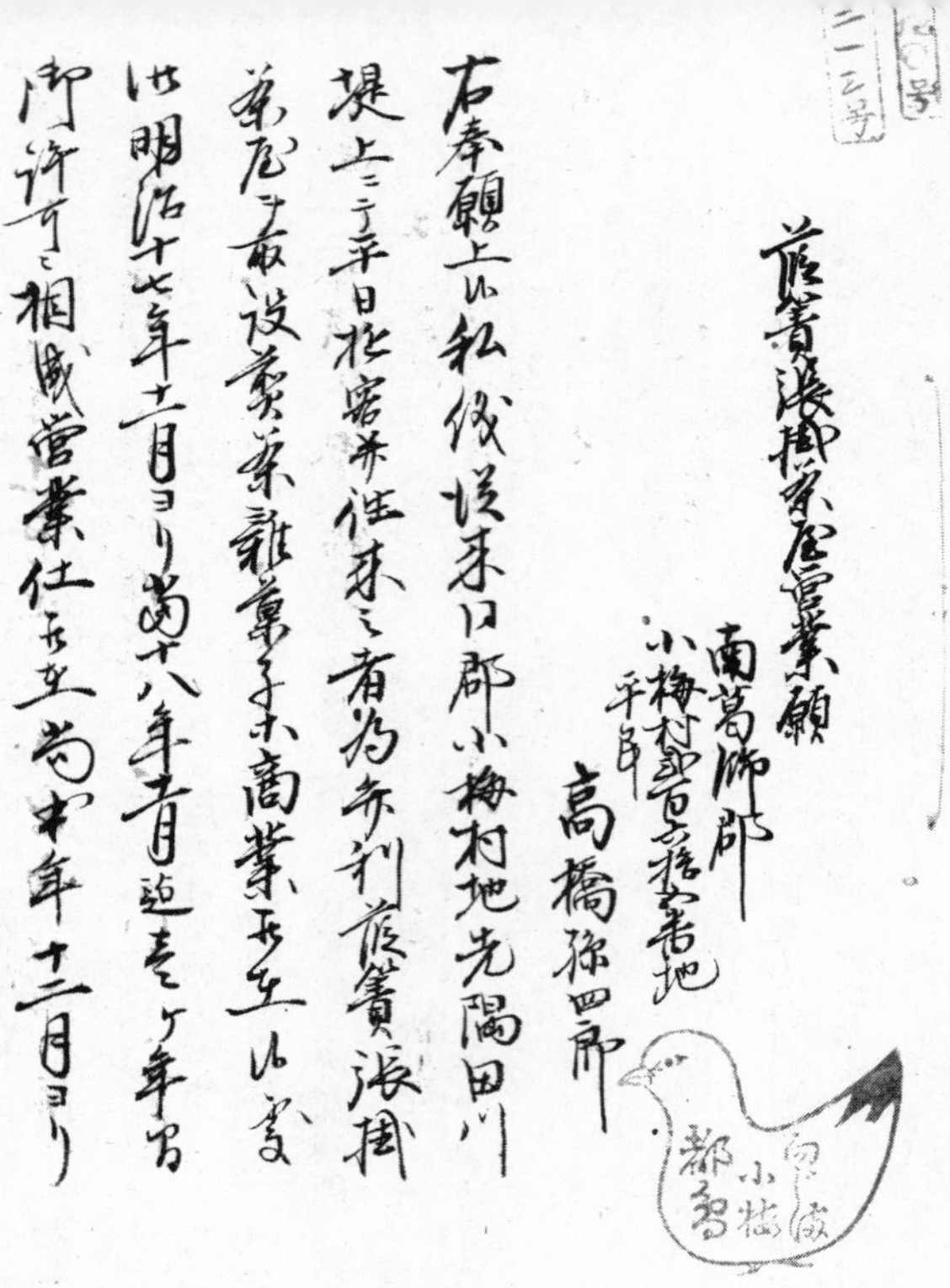
葭簀張掛茶屋営業願

南葛飾郡
小梅村弐百六拾弐番地
平民　高橋孫四郎

右奉願上候私儀従来同郡小梅村地先隅田川
堤上ニテ平日花客并往来之者為弁利葭簀張掛
茶屋ヲ取設粗茶雑菓子等商業罷在候処
明治十七年十二月ヨリ同十八年十二月迄壱ヶ年間
御許可ニ相成営業仕来、尚本年十二月ヨリ

図１「葭簀張掛茶屋営業願」（高橋美瑳子氏提供）

来ル明治十九年十二月迄引續営業仕度尤
證明之節ハ家根及ヒ坪数ハ　御制定之通
改造仕候間何卒　御許可ニ成下度依テ
圖面相添此段奉願上候也

但営業時間ハ日之出ヨリ日没ヲ限リ夜間ハ一切営業
仕間敷且御用之節ハ早速取拂可申候

右　高橋孫四郎

明治十八年十二月廿日

警視総監大迫貞清殿

で、引き続き営業したく（お願いします）。なお、修繕のときは、家根《やね》及び坪数などは別に定められた通りに改造いたしますので、何卒ご許可をくだされますよう、図面を添え、願い上げ奉ります。〈ただし、営業時間は日の出から日没を限り、夜間は一切営業しません。かつ、ご命令があれば速やかに取り払います〉

明治十八年十一月五日　右　高橋孫四郎　印

警視総監大迫貞清《おおさこさだきよ》殿

孫四郎の「葭簀張り」の「掛茶屋」は、平日に煎茶や菓子類を出す茶店でした。店は一年ごとに営業許可を更新する必要がありました。屋根や店の大きさには決まりがあり、営業時間は日中のみで夜間営業は認められていなかったことが分かります。

掛茶屋とは、店先の腰掛や床几《しょうぎ》などに腰掛けて茶を飲むことからそう呼ばれた茶店です。葉茶を売る葉茶屋と区別して、水茶屋とも言います。時代劇には、街道沿いや峠にある茶屋で旅人が一休みするシーンを見かけますが、やがて江戸市中にも出店されるようになり、文化《ぶんか》・文政《ぶんせい》（一八〇四～三〇）の頃には、「町々の然《しか》も通り筋に、一町のうちに五軒も七軒も水茶屋があ」（『三田村鳶魚《みたむらえんぎょ》 江戸生活事典』）り、現代の街角に並ぶコーヒーショップにも負けず劣らずの盛況ぶりでした。

掛茶屋は、丸太を組んだ簡素な仮小屋で、天井や周囲を葭簀（ヨシの茎で編んだすだ

図2（左）復元された葭簀張りの水茶屋（深川江戸資料館、筆者撮影）。（右）墨堤の満開の桜に集う人々。右奥に葭簀張りの茶屋が見える。『東都歳時記』「墨田川堤看花」（長谷川雪旦画、1838年刊、国文学研究資料館蔵）。

れ）で張り囲みました。葭簀張りは、日差しを避け、風通しも良いですが、そもそも居住するための建物ではありません。孫四郎茶屋も、文書末の絵図面には、幅三間×奥行九尺（約五・五メートル×二・七メートル）とあり、約四・五坪、十畳ほどの大きさでした。

図2左は、水茶屋を再現したものですが、店内に置かれた竈《へっつい》で茶釜に茶を沸かし、湯呑に入れて客に出します。茶の提供には工夫があって、「いい茶を出すところほど、先にお茶を出さないで、香煎《こうせん》だの、ユカリだのを使う。その後へ茶が出て来るので、（中略）勿体をつける気味もあったのでしょう」（『三田村鳶魚 江戸生活事典』）と言われます。

香煎とは麦の炒《い》り粉にお湯を注いだもの。百科事典である『守貞漫稿《もりさだまんこう》』によると、注文しなくても塩漬けの桜を浮かべた白湯も出されたとか。肝心の茶も客ごとに沸かすのではなく、茶を茶漉《ちゃこし》に入れて湯を入れただけのインスタントが一般的だったそうです。「一服一銭」と言われますが、これは茶屋の登場以前に、行商が売り歩いていた頃の名残で、茶屋では、お一人様二、三杯飲んで二十四文から五十文ほどが相場だったとされます（ご参考まで、かけそばは十六文）。

翻って、古文書では茶店の営業許可を求めているのみで、渡し船の運行営業に許可が必要であったか否かはわかりません。しかし、隅田川の堤上、つまり墨堤《ぼくてい》にあって、絵図面によれば、三囲《みめぐり》神社の鳥居の真横に店があったことはわかります。ご存知のとおり、ここは「竹屋の渡し」と呼ばれていました。


山谷《さんや》堀《ぼり》待乳《まつち》山下《やました》から対岸の小梅村三囲稲荷の鳥居前を結ぶ渡しは、待乳ノ渡しとも呼ばれた。ところが三囲稲荷門前にある茶屋の女将が対岸の山谷堀の船宿竹屋の船を、

「竹屋さん、お客さんですよ。船を願いますよ！」

と美しい声で呼んだことが評判になり、いつしか、

「竹屋ノ渡し」

が通り名になっていた。


（本文七九頁）

『すみだ 墨東外史』（東京都墨田区役所、昭和四十二年）には、より詳細な「古老の話」

が見えます。山谷堀には、竹屋と澤瀉屋《おもだかや》という船宿があり、「安政《あんせい》の頃、三囲上の墨堤に都鳥と云う掛茶屋の女将と約束して、三囲社参拝の帰途或は墨堤散策の士が向岸に渡りたい折には此の女将に頼んで得意の美声で」呼んでもらっていたというのです。安政年間（一八五四～六〇）に墨堤にあった「都鳥」という掛茶屋。もうお気づきでしょう。文書冒頭に捺された「都鳥」の印は、『伊勢物語』の故事にちなむだけではなく、店名そのものを示しているのです。

さらに、長閑《のどか》な田園風景と「三囲稲荷社」を描いた『江戸名所図会《えどめいしょずえ》』（次頁図3）を詳細に見てみると……鳥居の真横に、葭簀張りらしき建物が！『江戸名所図会』が刊行されたのは天保《てんぽう》七年（一八三六）。初代ご主人が茶屋「都鳥」を構えていたとしても不思議ではありません。きっと美声の女将が切り盛りする有名店として描かれたのでしょう。

時代は下って明治後半。墨堤は、江戸時代以来の断続的な植樹によって、今日に続く桜の名所となっていました。

「桜は向島最も盛なり。長堤十里の桜、雲と見まがふばかりに咲き満ちて、花の天井を被《おお》ひたらんが如し。三囲の鳥居前より牛ノ御前、長命寺《ちょうめいじ》の辺までいと盛りに、白鬚梅若《しらひげうめわか》の辺までも咲きに咲きたり」（『東京風俗志』下巻、明治三十五年刊）

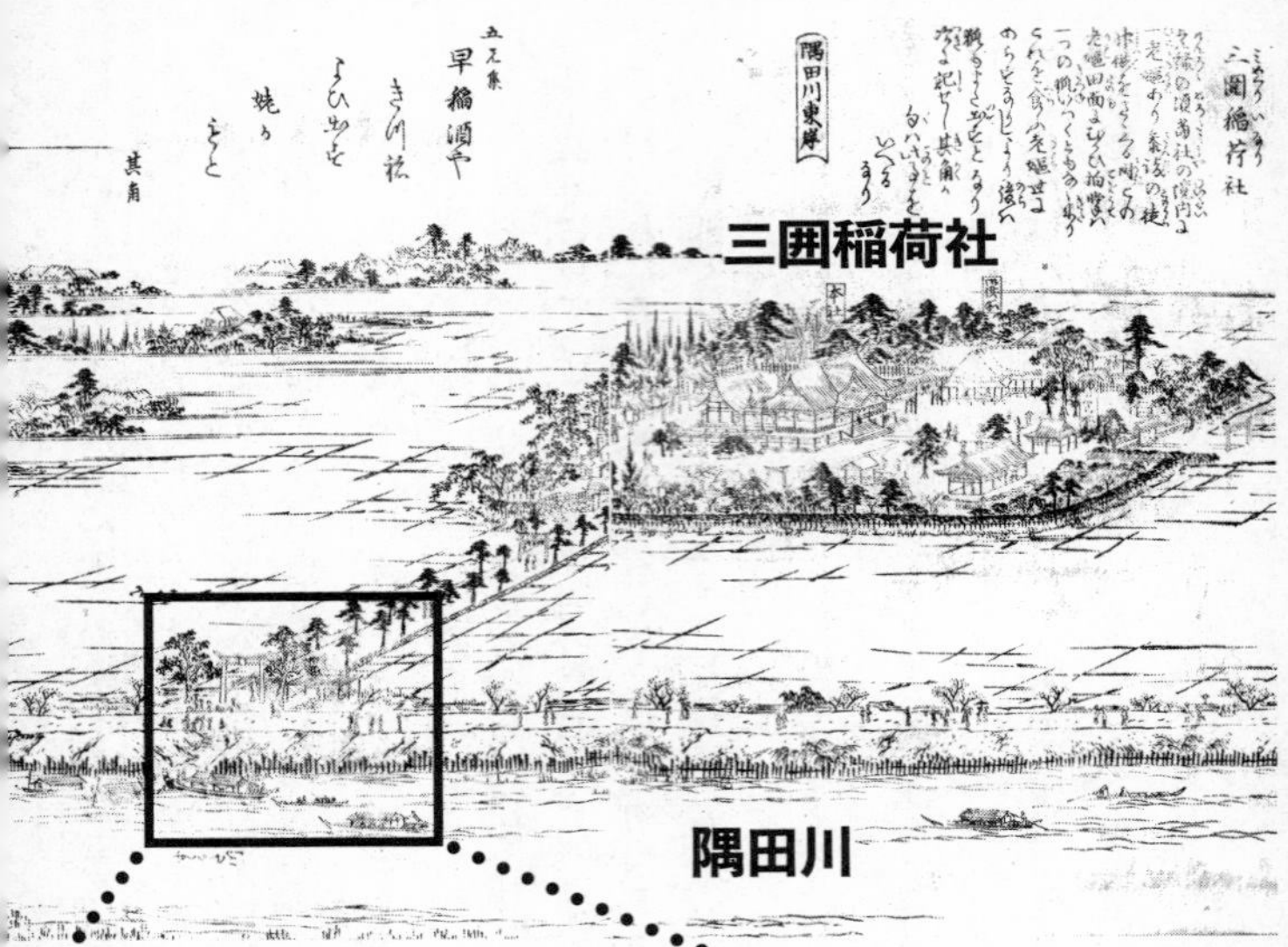

図3　隅田川右岸より向島方向を望むと、田園風景のなかに「三囲稲荷社」が見える。長い参道の入口にある鳥居の前には船着き場があり、川面には船が往来している。右横には、葭簀張りらしき茶店が！『江戸名所図会』（国立国会図書館蔵）。

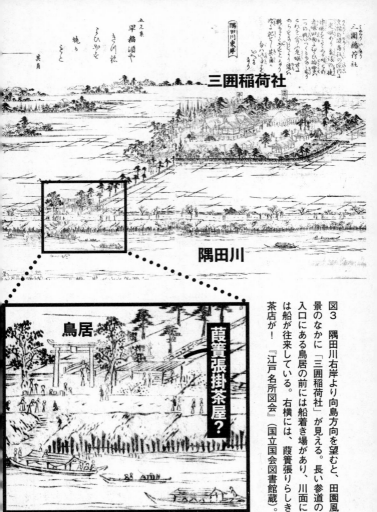

　ただ、豊かな自然は工場や宅地に姿を変えていきます。向島に江戸の面影を訪ねた永《なが》井荷風《いかふう》は、「既に雅遊の地ではない」と嘆きます（「向嶋」、昭和二年〈一九二七〉。『荷風随筆集』所収）。翌年に言問橋《ことといばし》が完成し、程なくして竹屋の渡しは廃止されました。また、荷風は、明治から大正にかけて、隅田川には葭簀張りの水練場《すいれんば》がいくつもあり、夕方に柳橋《やなぎばし》の芸者が泳ぎに来て賑《にぎ》やかだった、親しくなった女性に「隅田の水を渡って逢いに行くのがいかにも詩のように美しく思われた。隅田の水はまだ濁らず悪臭も放たず清く澄んでいた」（「向島」、昭和三十四年）と、往時を懐かしむのでした。

　さらに時は過ぎて、平成、令和。「三囲様、お稲様、牛島神社（牛の御前と云っていました）、隅田公園と牛の御前に隣接する水戸様の広場は子どもの頃の遊び場でした」という高橋さんが記憶する昭和前半の風景も過去のものとなり、東京スカイツリーを間近に望み、数多くの観光客が訪れる場所となりました。しかし、私たちは、「磐音が小梅村に居を定めた」ことが縁となって一通の古文書に出会い、美声の女将が切り盛りする茶屋、清い隅田川を往来する渡し船、いまはなき風景と人々の息遣いに思いを馳せることができるのです。

　江戸はそれほど遠くない。私はそう思います。

　といったところで、「江戸よもやま話」もこれにてお開き。読者のみなさまが、江戸を身近に感じていただく一助となれたなら幸いです。ご愛読ありがとうございました。

「居眠り磐音」決定版
読者のみなさまへ
担当者より締めのご挨拶

映画『男はつらいよ』五十作は一本も観ていませんが、『居眠り磐音』五十一巻は三年で三巡読みました。磐音やおこんたちと過ごした日々は編集者冥利に尽きる濃密な時間でした。四巡目は純粋に読者として愉しみます。

編集協力S

モンテクリスト伯より長く、『戦争と平和』よりも大勢人が出てくるのに、プルーストみたいに退屈させず、ディケンズよりも面白い。ギネス級の偉業を皆様、どうぞお手に。怒濤の三年、末端に居させて頂けました幸に感謝して。

校閲A

当シリーズ開始前に、デザイナーとして佐伯先生を担当してきた関口信介氏の急逝から引継ぎました。氏のレイアウトの手練には及ばずながら、読者の皆様に漏れなく届けました。佐伯先生と装画の横田さんとのご縁に感謝します。

デザインN

常に読者のために、を最優先になさる佐伯泰英先生。物語の続きを何より楽しみに待ってくださるお客様。皆々様のお蔭でこの二十六カ月間切れ目なく発売出来、発行部数も漸減せず刊行できましたこと、心から感謝申し上げます。

営業H

某誌の取材で佐伯先生にお会いした時は、自分が担当になるとは夢にも思っていませんでした。どこまでもかっこいい磐音と、冴えわたる佐伯先生の筆にどっぷりつかった数年間。空也の物語にも全身で飛び込みます。いつか、息子たちも読むことを願いつつ。

編集T

優しく、勁く、人望厚い坂崎磐音は私には眩しすぎた。母や妻の尻の下でコツコツ働く柳次郎。有言不実行でも助けてもらえる武左衛門。金や出世と無縁でも温かい家族を得た金兵衛。それぐらいがちょうどよい。「居眠り磐音」には、私たちがいる。ご愛読ありがとうございました。

編集S

文春文庫

竹《たけ》屋《や》ノ渡《わたし》
居眠《いねむ》り磐音《いわね》（五十）決定版《けつていばん》

定価はカバーに表示してあります

2021年3月10日　第1刷

著　者　佐伯泰英《さえきやすひで》
発行者　花田朋子
発行所　株式会社 文藝春秋

東京都千代田区紀尾井町 3-23　〒102-8008
TEL 03・3265・1211㈹
文藝春秋ホームページ　http://www.bunshun.co.jp

落丁、乱丁本は、お手数ですが小社製作部宛お送り下さい。送料小社負担でお取替致します。

印刷製本・凸版印刷

Printed in Japan
ISBN978-4-16-791663-3

居眠り磐音

友を討ったことをきっかけに江戸で浪人暮らしの坂崎磐音。隠しきれない育ちのよさとお人好しな性格で下町に馴染む一方、〝居眠り剣法〟で次々と襲いかかる試練と敵に立ち向かう！

居眠り磐音〈決定版〉

⑲ 梅雨ノ蝶 ばいうのちょう
⑳ 野分ノ灘 のわきのなだ
㉑ 鯖雲ノ城 さばぐものしろ
㉒ 荒海ノ津 あらうみのつ
㉓ 万両ノ雪 まんりょうのゆき
㉔ 朧夜ノ桜 ろうやのさくら
㉕ 白桐ノ夢 しろぎりのゆめ
㉖ 紅花ノ邨 べにばなのむら
㉗ 石榴ノ蠅 ざくろのはえ
㉘ 照葉ノ露 てりはのつゆ
㉙ 冬桜ノ雀 ふゆざくらのすずめ
㉚ 侘助ノ白 わびすけのしろ
㉛ 更衣ノ鷹 きさらぎのたか 上
㉜ 更衣ノ鷹 きさらぎのたか 下
㉝ 孤愁ノ春 こしゅうのはる
㉞ 尾張ノ夏 おわりのなつ
㉟ 姥捨ノ郷 うばすてのさと
㊱ 紀伊ノ変 きいのへん
㊲ 一矢ノ秋 いっしのとき
㊳ 東雲ノ空 しののめのそら
㊴ 秋思ノ人 しゅうしのひと
㊵ 春霞ノ乱 はるがすみのらん
㊶ 散華ノ刻 さんげのとき
㊷ 木槿ノ賦 むくげのふ
㊸ 徒然ノ冬 つれづれのふゆ
㊹ 湯島ノ罠 ゆしまのわな
㊺ 空蟬ノ念 うつせみのねん
㊻ 弓張ノ月 ゆみはりのつき
㊼ 失意ノ方 しついのかた
㊽ 白鶴ノ紅 はっかくのくれない
㊾ 意次ノ妄 おきつぐのもう
㊿ 竹屋ノ渡 たけやのわたし
51 旅立ノ朝 たびだちのあした

新・居眠り磐音

① 奈緒と磐音 なおといわね
② 武士の賦 もののふのふ
③ 初午祝言 はつうましゅうげん
④ おこん春暦 おこんはるごよみ
⑤ 幼なじみ おさななじみ

文春文庫　佐伯泰英の本

坂崎磐音の嫡子・空也の物語、ついに再始動！

空也十番勝負　決定版 一

声なき蟬〈上〉〈下〉

8月3日発売

「無言の行」を己に課し、道険しい武者修行の旅に出た若者を待ち受けるのは——。

以降、五か月連続で〈決定版〉を刊行！

二 恨み残さじ　9月1日発売

三 剣と十字架　10月6日発売

四 異郷のぞみし　11月9日発売

五 未だ行ならず〈上〉〈下〉　12月7日発売

＊発売日は全て予定です

画＝横田美砂緒

姥捨の郷で生を受けた、
運命の子、空也。
小梅村でのひとり稽古、
鮮烈な初陣を経て成長した
青年の物語が新たに刻まれる！